R. L. Stine's
SCHATTENWELT

Fatale Neugier

R. L. Stine's
SCHATTENWELT

Fatale Neugier

Aus dem Amerikanischen
übersetzt von Sabine Tandetzke

Die Deutsche Bibliothek – CIP-Einheitsaufnahme

Stine, Robert L.:
[Schattenwelt]
R. L. Stine's Schattenwelt.
– Bindlach : Loewe
Fatale Neugier / aus dem Amerikan.
übers. von Sabine Tandetzke.
– 1. Aufl. – 2000
ISBN 3-7855-3757-3

Der Umwelt zuliebe ist dieses Buch
auf chlorfrei gebleichtem Papier gedruckt.

ISBN 3-7855-3757-3 – 1. Auflage 2000
© 1996 Parachute Press, Inc.
Titel der Originalausgabe: The Ooze
Erzählt von Stephen Roos
Alle Rechte vorbehalten inklusive des Rechts zur
vollständigen oder teilweisen Wiedergabe in jedweder Form.
Veröffentlicht mit Genehmigung des Originalverlags,
Pocket Books, New York.
© für die deutsche Ausgabe 2000 Loewe Verlag GmbH, Bindlach
Aus dem Amerikanischen übersetzt von Sabine Tandetzke
Umschlagillustration: Jan Birck
Umschlaggestaltung: Andreas Henze
Gesamtherstellung: Graphischer Großbetrieb Pößneck
Printed in Germany

KAPITEL 1

Die meisten Leute müssen ihre Hunde nicht erst lange bitten, einem Ball hinterherzujagen. Aber Tubby ist eben anders als viele andere Hunde.

„Hol den Ball, Tubby!", rief ich aufmunternd, während ich Schwung holte, um zu werfen. „Ich weiß, dass du es kannst!"

Tubby wedelte freundlich mit dem Schwanz. Und als er merkte, wie der sich bewegte, versuchte er hineinzubeißen.

„Na los, alter Junge!", rief ich und schleuderte den gelben Tennisball in den Garten. Er berührte im Flug beinahe Tubbys Schnauze. Tubby ließ sich ins Gras fallen und blinzelte nicht mal, als der Ball vorbeischwirrte.

In diesem Moment knallte die Hintertür. Als ich mich umdrehte, sah ich meine ältere Schwester Michelle auf mich zukommen. Wie üblich hatte sie sich ein Schulbuch unter den Arm geklemmt.

„Wann wirst du endlich der Realität ins Gesicht sehen, Al?", fragte sie, während sie es sich unter dem Apfelbaum bequem machte. „Dein Hund ist ein absoluter Volltrottel!"

„Ist er nicht!", protestierte ich. „Er hat nur im Moment keine Lust zu spielen. Stimmt's, Tubby?" Ich ließ mich neben ihm ins Gras plumpsen und streichelte seinen großen Kopf. Sein zotteliges braun-weißes Fell fühlte sich von der Sonne ganz warm an.

Michelle schnaubte verächtlich und schlug ihr Mathebuch auf.

„Du willst doch jetzt nicht etwa lernen?", fragte ich entgeistert. „An einem Samstag? Und *du* nennst Tubby einen Volltrottel?"

„Ich habe vor, in der Abschlussprüfung mit den besten Noten der gesamten neunten Klassen abzuschneiden", informierte mich Michelle.

Meine Schwester ist vierzehn, also nur drei Jahre älter als ich. Aber sie löst jetzt bereits Matheaufgaben, die eigentlich Collegestoff sind.

Falls ihr nicht schon selber drauf gekommen seid – für sie ist es das Wichtigste auf der Welt, intelligent zu sein. Für meine Eltern übrigens auch. Die drei sind Genies. Echte Genies.

Es nervt mich furchtbar, dass neue Lehrer mich immer fragen, ob ich Michelle Sterners kleiner Bruder bin. Und wenn ich dann Ja sage, erwarten sie, dass ich 24 Stunden am Tag lerne – wie meine liebe Schwester.

Wahrscheinlich bin ich mindestens so klug wie sie, aber ich will nicht mein ganzes Leben mit der Nase in einem Buch verbringen. Ich möchte ab und zu auch mal ein bisschen Spaß haben.

Mit einem tiefen Seufzer rappelte sich Tubby auf. Langsam trottete er zu der Hecke, die sich an einer Seite des Gartens entlangzieht, und fing an, mit den Vorderpfoten zu graben.

Dann trabte er hinüber zu Michelle und begann dort mit einem neuen Loch.

Ein paar Minuten später buddelte er in der Nähe des hinteren Gartenzauns das nächste.

Verächtlich schüttelte Michelle den Kopf. „Dein Hund ist so dumm, dass er sich nicht mal merken kann, wo er seinen Knochen vergraben hat. Du solltest dir lieber eine Katze anschaffen", riet sie mir. „Die sind nämlich sehr intelligent."

„So wie Chester, nicht wahr?", stöhnte ich genervt. Chester ist Michelles Kater, und sie hält ihn für absolut *genial*.

„Habe ich dir schon erzählt, dass er inzwischen bis acht zählen kann?", fragte sie stolz.

„Was ist mit Bruchrechnung?", witzelte ich.

Michelle streckte mir wütend die Zunge heraus. „Immerhin kann er den Vorhang alleine wegziehen, wenn er es heller haben möchte. Und er weiß genau, an welcher Stelle er auf den elektrischen Dosenöffner springen muss, wenn er hungrig ist. Und ..."

„Wen interessiert denn schon, ob Chester eine Intelligenzbestie ist", unterbrach ich sie. „Dafür sind Haustiere schließlich nicht da."

„Du bist ja bloß neidisch, weil du Tubby nicht mal dazu kriegen kannst, zu apportieren. Ich fürchte, du wirst dich damit abfinden müssen, dass Chester tausendmal cleverer ist als dein Hund. Wahrscheinlich ist er sogar klüger als du."

„Lass uns reingehen, Tubby!", rief ich meinem Hund zu. „Das müssen wir uns nicht länger anhören!"

Als er nicht reagierte, ging ich quer über den Rasen und griff nach seinem Halsband. Ich musste dreimal kräftig daran ziehen, bis Tubby kapiert hatte, dass er mich begleiten sollte. Dann gingen wir nach drinnen.

Mom stand am Küchentresen und glasierte einen Kuchen. „Nicht gucken, Al!", rief sie und wedelte mit einem Holzschaber, der über und über mit Schokolade bedeckt war.

Kleine Tupfen der klebrigen Masse sprenkelten Moms Gesicht. Meine Mutter und ich haben übrigens beide jede Menge Sommersprossen und die gleichen roten Haare und braunen Augen.

„Aber, Mom!", rief ich. „Heute ist mein Geburtstag. Ich kann mir denken, dass der Kuchen für mich ist." Um das herauszufinden, brauchte man nun wirklich kein Genie zu sein.

„Es soll aber eine Überraschung werden", sagte Mom mit fester Stimme. „Geh in dein Zimmer, und warte dort. Und komm erst raus, wenn du uns singen hörst. Du kannst dich ja in der Zwischenzeit damit beschäftigen, die Hauptstädte aller südamerikanischen Länder auswendig zu lernen."

Ich seufzte tief auf. „Die kann ich schon im Schlaf, Mom. Jede einzelne."

„Und wie wär's, wenn du dich weiter auf den Wissenswettbewerb eurer Schule am Mittwoch vorbereitest?", schlug Mom vor.

Ich zuckte nur mit den Achseln und ging durch den Flur in mein Zimmer, wobei ich Tubby hinter mir herschleifte.

Bei uns zu Hause muss man ständig für irgendetwas lernen. Mom und Dad sind beide Naturwissenschaftler, die bei verschiedenen Forschungsprojekten mitarbeiten. Deswegen haben sie mich auch Al genannt – nach dem großen Albert Einstein.

Wahrscheinlich kann ich ihnen keinen Vorwurf daraus machen, dass sie erwarten, ich würde mich zu einem wissenschaftlichen Genie entwickeln. Aber ich wünschte, sie könnten verstehen, dass es durchaus keine Vergeudung meines „einmaligen Gehirns" ist, wie Mom sagt, wenn ich auch mal Baseball spiele oder mich mit meinen Freunden treffe.

Kaum hatten wir mein Zimmer betreten, gähnte Tubby und ließ sich auf den Boden fallen. Ich griff nach der neuesten Ausgabe meiner Lieblingszeitschrift *Super Skates* und warf mich aufs Bett.

Ich fragte mich, was Mom und Dad wohl für meinen Geburtstag geplant hatten. Normalerweise schleifen sie Michelle und mich bei solchen Gelegenheiten immer zu irgendwelchen kulturellen Veranstaltungen. Manchmal ist es ein Konzert oder – wenn ich richtig Pech habe – eine Oper.

Die Geschenke, die wir von ihnen bekommen, sind natürlich auch allesamt pädagogisch wertvoll. Und langweilig. Stinklangweilig.

In diesem Jahr sollte das endlich anders werden. Also hatte ich durchblicken lassen, dass ich mir mehr als alles andere ein Paar Inline-Skates wünschte. Als kleinen Wink mit dem Zaunpfahl hatte ich überall im Haus Anzeigen mit Abbildungen von meinem Lieblingsmodell verteilt.

Außerdem hatte ich keine Gelegenheit verpasst zu erwähnen, wie pädagogisch wertvoll diese Dinger seien. Mom hatte ich erzählt, dass Skaten hervorragend zur Förderung der motorischen Koordination geeignet sei. Michelle gegenüber hatte ich behauptet, dass dieser Sport die Geschwindigkeit des Ablaufs von Entscheidungsprozessen steigern würde. Und Dad hatte ich über die heruntergesetzten Preise für Inline-Skates bei *Dalby's* informiert.

Ich hoffte, dass sie es auch wirklich mitbekommen hatten. Denn für drei hochintelligente Leute können sie manchmal ganz schön begriffsstutzig sein.

Während ich *Super Skates* durchblätterte, hörte ich Schritte auf der Kellertreppe. Das bedeutete, dass sie gleich anfangen würden zu singen. Wir feiern nämlich immer im Keller.

Ich schleuderte das Magazin auf den Boden und sprang vom Bett auf. „Seid ihr fertig?", rief ich in den Flur hinaus.

„Nur noch einen Moment, Al!", ertönte die Stimme meines Vaters.

Ich war schrecklich nervös und konnte die heiß ersehnten Skates schon fast an meinen Füßen spüren.

„Sagt Bescheid, wenn es so weit ist!", brüllte ich hinunter.

Ich konnte die Spannung kaum noch aushalten.

„Jetzt?", rief ich nach wenigen Sekunden.

„Jetzt!"

Aufgeregt stürmte ich den Flur entlang.

Als ich die Kellertür aufriss, fiel mein Blick auf Mom und Dad, die am Fuß der Treppe standen. Vor ihnen hatte sich Michelle aufgebaut, die den Geburtstagskuchen mit den brennenden Kerzen darauf balancierte. Die drei stimmten aus voller Kehle *Happy Birthday* an.

Während ich langsam die Stufen hinunterging, blickte ich mich auf der Suche nach meinem Geschenk im Keller um.

Meine Augen flogen hinüber zu Moms Computerstation. Dort war nichts zu sehen.

Ich schaute zu dem Tisch in der Mitte des Raums. Darauf war lediglich eins von Michelles Experimenten aufgebaut. Das war alles.

Dann warf ich einen schnellen Blick auf das mit Solarzellen betriebene Modellboot, an dem mein Vater gerade arbeitete. Rundherum lagen hunderte von Hightech-Werkzeugen. Aber kein Päckchen. Nichts.

„Ich glaub's einfach nicht", dachte ich. „Keine Inline-Skates – und nicht mal ein anderes Geschenk!"

Nur noch drei Stufen. Ein letztes Mal ließ ich meinen Blick durch den Raum wandern, konnte aber nichts entdecken, was irgendwie festlich verpackt gewesen wäre.

Doch als ich schließlich am Fuß der Treppe bei Michelle und meinen Eltern ankam, erwartete mich die größte Überraschung meines Lebens.

KAPITEL 2

Booooom!

Eine gewaltige Explosion erschütterte den Keller.

Der Boden, die Wände – alles wackelte. Michelles Experiment sauste vom Tisch und zersprang scheppernd auf der Erde. Dads Werkzeuge flogen überall in der Gegend herum.

Ich schrie laut auf, als die Kraft der Druckwelle mich von den Füßen riss. Mit einem dumpfen Aufschlag landete ich auf dem harten Betonboden.

Mom, Dad und Michelle beugten sich über mich. Sie kriegten sich vor Lachen gar nicht wieder ein.

„Du bist doch nicht verletzt, Al, oder?", fragte Mom, immer noch kichernd.

„Alles in Ordnung", knurrte ich. „Aber was läuft hier eigentlich? Was findet ihr so irrsinnig komisch?"

„Überraschung!", rief Dad lauthals. „Wir wollten deinen Geburtstag mit einem großen Knall feiern."

„Äh ... tolle Idee", murmelte ich und bürstete mir den Staub von den Klamotten.

„Er hat's nicht kapiert", verkündete Michelle.

„Was kapiert?" Ich gab es ja nur ungern zu, aber ich hatte wirklich keine Ahnung, was das alles sollte.

„Wir schenken dir einen Chemiebaukasten!", erklärte Mom und trat ein Stück beiseite. Hinter ihr auf dem Boden stand eine große Kiste – quer über die Vorderseite waren in großen, roten Buchstaben die Worte *Der zukünftige Wissenschaftler* gedruckt.

„Willkommen in der faszinierenden Welt der Chemie, mein Sohn", sagte Dad. „Du wirst garantiert jede Menge aufregende Abenteuer mit diesem Kasten erleben!"

Er warf einen Blick auf das zerbrochene Glas und die verschütteten Chemikalien auf dem Boden. „Michelle musste sich ein paar Sachen ausborgen, um die Explosion zu Stande zu bringen. Aber keine Sorge – wir werden alles wieder ersetzen."

„Vielen Dank, Mom. Dad", murmelte ich. „Der Chemiebaukasten ist wirklich ... äh ..."

„Motivierend?", fragte Dad.

„Das ist genau das Wort, das ich gesucht habe", sagte ich mit schwacher Stimme.

„Gefällt er dir denn auch *tatsächlich*, Al?", erkundigte sich meine Mutter.

„Ich finde ihn super, Mom", log ich.

Ich brachte es einfach nicht übers Herz, die Gefühle meiner Eltern zu verletzen. Sie hielten diesen Chemiebaukasten offensichtlich für ein unglaublich tolles Geschenk.

Habe ich euch nicht schon erzählt, dass die beiden manchmal ein bisschen weltfremd sind?

Während ich mühsam versuchte, mir meine Enttäuschung nicht anmerken zu lassen, öffnete ich die Kiste und betrachtete das Gestell mit Reagenzgläsern darin. Doch als ich ein Röhrchen herausnahm, das mit einer grünen Flüssigkeit gefüllt war, riss Dad es mir sofort aus der Hand.

„Noch nicht, Al", meinte er und stellte das Gefäß zurück.

„Warum nicht?", fragte ich.

„Zuerst bekommst du eine Einführung, damit du weißt, wie du mit all diesen Chemikalien umgehen musst", erklärte Mom.

„Du hast ja eben gesehen, dass das manchmal nicht ganz ungefährlich ist", fügte Dad hinzu. „Michelle wird dir zeigen, wie man diesen Kasten richtig benutzt."

„Und warum machst du das nicht – oder Mom?", fragte ich.

„Oh, es ist schon ziemlich lange her, seit deine Mutter und ich uns das letzte Mal mit so einem Ding beschäftigt haben", antwortete Dad. „Michelle hat davon viel mehr Ahnung als wir."

„Sie hat auch ganz allein alles für den großen

Knall vorbereitet", schaltete sich Mom ein. „Damit wollte sie dir auf ihre Art alles Gute zum Geburtstag wünschen."

Irgendwie überraschte mich das nicht.

„Sag Michelle einfach Bescheid, wenn du anfangen möchtest, mit dem Chemiebaukasten zu arbeiten", fuhr Mom fort.

„Ich kann's kaum erwarten", antwortete ich und hoffte, dass es halbwegs glaubwürdig klang. „Am liebsten würde ich gleich loslegen."

Wenn ich gewusst hätte, welch entsetzlicher Albtraum mir bevorstand, hätte ich dieses verdammte Ding nie im Leben angefasst.

Ich hätte bis in alle Ewigkeit damit gewartet!

KAPITEL 3

Ein Geburtstag voller Schrecken! Zuerst der Chemiebaukasten. Und dann noch ein Abend in der Oper, der kein Ende nehmen wollte.

Der Held hörte gar nicht wieder auf zu singen. Nicht mal, nachdem der Schurke ihm schließlich einen Dolch in die Brust gestoßen hatte.

Heute – einen Tag nach meinem Geburtstag – schien es auch nicht viel besser zu werden.

Es war Sonntag. Für mich hieß das: draußen sein und etwas tun, das mir Spaß macht. Für meine Eltern bedeutete es: drinnen bleiben und büffeln. Und genau das tat ich. Ich lernte gerade alle möglichen Fakten für den großen Wissenswettbewerb unserer Schule auswendig. Zum Glück hatte ich das Buch *Knifflige Fragen aus Wissenschaft und Technik*.

Unsere Schule hatte die staatlichen Meisterschaften bereits dreimal hintereinander gewonnen. Aber mit Michelle in ihrem Team hätten sie auch gar nicht verlieren können.

Seitdem sie letztes Jahr auf die Highschool gegangen war, erwarteten alle, dass ich nun an ihrer Stelle die Gewinnertradition der Schule hochhielt. Deswegen hockte ich hier in meinem Zimmer und verbrachte die Zeit mit Pauken.

Ich las die nächste Frage: „Was ist das Endprodukt der Fotosynthese?"

Doch bevor mir die Antwort eingefallen war, bemerkte ich plötzlich einen unglaublich ekelhaften Geruch, der durch das ganze Haus zog. Dem musste ich auf den Grund gehen.

Ich marschierte den Flur entlang und sah in allen Zimmern nach. Sie waren leer.

Sobald ich Michelle in der Küche entdeckte, wusste ich, dass ich die Quelle des üblen Gestanks gefunden hatte.

„Du backst mal wieder Brownies, nicht wahr?", sagte ich anklagend. „Gib's zu, Michelle!"

„Fass sie bloß nicht an!", fauchte sie und baute sich vor dem Küchentresen auf, damit ich die Plätzchen nicht sehen konnte.

„Zu spät", rief ich. „Ich hab sie schon entdeckt. Die Dinger sind ja völlig verbrannt!"

„Ach was, sie sind nur ein bisschen braun an den Seiten", schnaubte Michelle. „Mein Schachclub wird sie bestimmt mögen."

„Du willst deine Freunde vergiften?", fragte ich.

In diesem Moment klopfte es, und Michelle stürzte zur Tür. Aber ich war schneller und ließ Colin, meinen besten Freund, ins Haus.

„Ach, du bist's bloß", knurrte Michelle.

„Hey, was soll das denn heißen?", fragte Colin verblüfft.

„Michelles Schachclub trifft sich heute bei uns", klärte ich ihn auf. „Wahrscheinlich hat sie gehofft, du seist Jonathan Muller. Er ist der Präsident des Clubs, und sie ist total verknallt in ihn."

„Bin ich nicht!", fauchte Michelle. Aber ihr Gesicht lief dunkelrot an.

„Bist du doch", widersprach ich. „Du solltest mal ihr Ringbuch sehen", sagte ich grinsend zu Colin. „Sie hat ganze Seiten mit *Michelle Sterner-Muller* voll gekritzelt. Offenbar will sie den Typ heiraten oder so."

Colin kicherte boshaft. Michelle warf einen Topflappen nach mir. „Wie kommst du dazu, in meinem Ringbuch herumzuschnüffeln?", kreischte sie. „Das ist mein persönliches Eigentum!"

Ich schleuderte den Topflappen zurück. „Mom hat's mir erlaubt", informierte ich sie. „Ich hatte nämlich kein Papier mehr."

Michelle starrte mich an. „Wenn du es erzählst, bringe ich dich um." Dann wandte sie sich an Colin. „Und dich auch", drohte sie.

„Schon gut", meinte Colin. „Kann ich vielleicht einen Keks haben?"

Und bevor ich ihn aufhalten konnte, hatte er sich einen der Killerbrownies in den Mund gestopft.

„Ich ruf schon mal den Krankenwagen", sagte ich trocken.

„Hey, die sind ja unglaublich!", rief Colin aus.

„Siehst du", meinte Michelle stolz.

„Die sind *absolut* unglaublich." Colin schluckte. „Wie hast du's bloß geschafft, dass sie nach Kohle schmecken?"

Lachend klatschte ich mit Colin ab. „Treffer!", rief er. „Zwei Punkte!"

„Raus hier!", schrie Michelle aufgebracht.

„Na, komm, Colin", sagte ich. „Lass uns in den Keller gehen. Ich möchte dir mein Geburtstagsgeschenk zeigen."

„Oh, ja! Ich bin schon total gespannt auf deine neuen Skates", antwortete Colin.

Betreten schüttelte ich den Kopf. „Ich hab gar keine bekommen."

„Das gibt's doch nicht!", rief Colin aus. „Deine Eltern haben dir also wieder etwas anderes geschenkt?"

„Ja." Was gab's da noch zu sagen?

Ich führte Colin in den Keller. Chester, Michelles genialer Kater, folgte uns. Er rollte sich in einer Ecke zusammen und sah uns zu, als wir den Chemiebaukasten öffneten und auspackten. Dabei schien sein Blick zu sagen: „Das verrate ich Michelle! Ohne sie dürft ihr da gar nicht rangehen."

„Wie gut, dass meine Schwester ihm noch nicht beigebracht hat zu sprechen", schoss es mir durch den Kopf.

Colin griff nach einem Röhrchen mit einer roten Flüssigkeit darin und leerte es in ein Becherglas.

„Lass das lieber", warnte ich ihn. „Wenn du dich damit nicht auskennst, kann alles Mögliche schief gehen."

„Ich will doch gar nichts Kompliziertes machen", verteidigte sich Colin. „Nur eine kleine Stinkbombe."

„Also, ich weiß nicht", sagte ich. „Mom und Dad haben mir verboten ..."

„Wir könnten sie oben platzen lassen", unterbrach mich Colin. „Oder willst du etwa nicht sehen, wie deine Schwester vor den Augen ihres großen Schwarms würgt und nach Luft schnappt?"

„Das wäre allerdings ziemlich lustig", dachte ich. „Jedenfalls so lange, bis meine Eltern es herausfinden."

„Wo ist denn bloß das Handbuch?", murmelte Colin und wühlte in der Kiste herum.

„Ich dachte, du wüsstest, wie man eine Stinkbombe baut!", erwiderte ich.

„Nein, nicht so genau", gab Colin zu. „Aber die Bedienungsanleitung muss doch hier irgendwo sein."

„Na klar. Und dann brauchen wir nur noch unter *S* wie *Stinkbombe* nachzugucken", sagte ich ironisch.

Endlich hatte Colin das Handbuch gefunden und blätterte es kopfschüttelnd durch. „Nicht drin", murmelte er.

„Komm, verschwinden wir nach draußen. Wir könnten doch ins Kino gehen", schlug ich vor.

„Nein. Lass uns hier bleiben. Wozu brauchen wir eine Anleitung. Es kann ja wohl nicht so schwer sein, einen anständigen Gestank zu produzieren", meinte Colin. „Deine Schwester hat es schließlich auch geschafft, ohne sich anzustrengen."

Ich prustete los. Colin bringt mich immer zum Lachen. Das ist einer der Gründe, warum wir die dicksten Freunde sind.

Colin nahm ein Reagenzglas mit violetten Kristallen und hielt es über die rote Flüssigkeit.

„Tu's nicht!", warnte ich ihn.

Aber er ignorierte mich einfach und kippte das Röhrchen langsam.

„Colin! Hör sofort auf damit!", brüllte ich.

Die violetten Kristalle begannen herauszupurzeln.

Ich warf einen Blick auf die Aufkleber auf den Reagenzgläsern. „Nicht das Rote und das Violette mischen, Colin! Nicht diese beiden!", schrie ich. „Du wirst das ganze Haus in die Luft jagen!"

KAPITEL 4

Hastig riss ich das Becherglas beiseite. Die violetten Kristalle kullerten aus dem Röhrchen und verteilten sich über den Arbeitstisch.

„Du kannst doch nicht einfach irgendwelche Chemikalien zusammenschütten, ohne zu wissen, was dann passiert! Diese beiden hätten eine Explosion verursachen können!", brüllte ich.

„Oh", sagte Colin betreten. „Soll das etwa heißen, keine Stinkbombe – nur weil du Angst hast, das Haus in die Luft zu jagen?"

Ich musste gegen meinen Willen lachen. Wie ich schon sagte, Colin ist manchmal unwiderstehlich komisch.

„Okay, okay. Dann eben nicht", lenkte er ein. „Lass uns ins Kino gehen."

Wir begannen, den Chemiebaukasten wieder zusammenzupacken. „Hey! Was ist denn das?", fragte Colin, als er gerade dabei war, das Gestell mit den Reagenzgläsern in die Kiste zu stellen. Er zog ein einzelnes Blatt Papier hervor, das am Boden des Kartons gelegen hatte. „Na, bist du jetzt zufrieden?", rief er triumphierend.

Ich blickte über seine Schulter und las, was auf dem Zettel stand. Es war eine Anleitung für den Bau einer Stinkbombe.

Seltsam. Der Text war handschriftlich auf ein leuchtend orangefarbenes Blatt geschrieben – im Gegensatz zu dem blütenweißen Papier des Handbuchs.

Sehr seltsam.

„Na, los!", drängte Colin. „Wir haben doch alles da."

„Okay." Schließlich gab ich nach. Ich konnte mir doch nicht die einmalige Gelegenheit entgehen lassen, Michelle kräftig zu blamieren.

Wir maßen die Chemikalien sorgfältig ab und mischten sie in einem sauberen Becherglas. „Das hier lassen wir noch draußen, bis wir oben angekommen sind", sagte ich und zeigte Colin ein Röhrchen, das mit gelbem Pulver gefüllt war.

„Gute Idee", antwortete er.

Auf Zehenspitzen schlichen wir die Treppe hinauf und in die Küche. Durch den Türspalt warf ich einen schnellen Blick ins Wohnzimmer. Jonathan Muller stand am Kamin und redete über ein Schachturnier, das der Club organisieren sollte.

Ich entdeckte Michelle auf dem Sofa. Sie hatte sich vorgebeugt und hing gebannt an Jonathans Lippen. Auch die Aufmerksamkeit der anderen war auf ihn gerichtet. Perfekt.

„Los geht's", flüsterte ich und ließ mich auf alle viere nieder. Leise krabbelte ich ins Wohnzimmer und versteckte mich. Colin folgte mir.

„Fertig?" Colin bewegte lautlos die Lippen und streckte mir das Glasgefäß entgegen.

„Ja", flüsterte ich und hob das Röhrchen hoch. „Halt die Luft an!"

„Soll ich mir nicht lieber die Nase zuhalten?" Colin kicherte gehässig.

Auch ich konnte ein Kichern nicht unterdrücken. Dann schüttete ich das gelbe Pulver in das Becherglas.

Wir duckten uns noch tiefer hinter das Sofa und warteten gespannt. Aber nichts geschah.

„Schnupper doch mal dran!", flüsterte ich.

Colin hielt sich das Glas unter die Nase. „Es riecht nach überhaupt nichts." Er seufzte enttäuscht.

„Hey, ihr beiden! Was macht ihr denn da?" Michelle hatte sich über die Rückenlehne des Sofas gebeugt und sah noch gemeiner aus als sonst. „Was ist in diesem Gefäß, Al?", fragte sie scharf.

„Nichts Besonderes", log ich. „Ehrlich!"

„Du solltest deinen Chemiebaukasten doch nicht benutzen, bis *ich* dir gezeigt habe, wie es geht", fauchte sie. „Hältst du dich eigentlich nie an irgendwelche Anweisungen?"

„Aber das *haben* wir doch getan!", rief Colin aus und wedelte mit dem orangefarbenen Blatt. „Es ist nicht unsere Schuld, dass die Stinkbombe nicht losgegangen ist!"

„Danke, Colin", dachte ich. „Vielen Dank."

„Ihr wolltet bei meinem Treffen eine Stinkbombe werfen?", kreischte Michelle. „Na, warte! Wenn ich das Mom und Dad erzähle!"

Colin und ich verzogen uns schleunigst in die Küche.

„Und lasst gefälligst den Chemiebaukasten in Ruhe!", brüllte Michelle hinter uns her.

„Dein kleiner Bruder kann nicht mal 'ne Stinkbombe bauen?", hörte ich jemanden zu ihr sagen. „Bist du sicher, dass ihr verwandt seid?"

Ich fühlte mich wie ein völliger Versager. Dabei erwischt zu werden, dass ich heimlich den Chemiebaukasten ausprobiert hatte, war schon schlimm genug. Aber noch schlimmer war, dass Michelle und ihre Freunde nun dachten, ich sei zu blöd dafür.

„Was sollen wir mit dem Zeug machen?", fragte Colin, als wir wieder im Keller waren.

„Wegwerfen, denke ich."

„In den Müll?"

„Nein, ich werde es in den Ausguss kippen." Als ich nach dem Becherglas griff, bemerkte ich, dass sein Inhalt eine merkwürdige grüne Färbung angenommen hatte. Neongrün.

„Funktioniert es etwa *jetzt*?", stöhnte Colin.

Ich schnüffelte an der geleeartigen Masse. „Nein, es stinkt immer noch nicht", verkündete ich und stellte das Gefäß auf den Tisch. „Lass uns bloß den Chemiebaukasten wegpacken, bevor meine Mutter nach Hause kommt. Sie geht in die Luft, wenn sie rauskriegt, dass ich ohne Michelles Hilfe damit herumgespielt habe."

„Gib dir keine Mühe", meinte Colin trocken. „Michelle wird dich sowieso verpetzen. Das weißt du doch."

Da hatte er Recht. Wahrscheinlich würde sie genau das tun.

Chester hockte immer noch in der Kellerecke. Ich hatte völlig vergessen, dass er da war, bis er ein lautes *Miau!* von sich gab. Dann streckte er sich und sprang auf den Tisch.

Mit hin und her zuckendem Schwanz schlich er direkt auf das Glasgefäß zu.

„Solltest du jetzt nicht eigentlich deine Mathehausaufgaben machen, Chester?", fragte ich. Aber der Kater pirschte sich noch näher heran.

„Runter vom Tisch. Na, los!" Ich versetzte ihm einen leichten Stoß – und warf dabei das Glas mit der misslungenen Stinkbombe um.

Die giftgrüne Masse floss heraus und verteilte sich dickflüssig und schleimig auf dem ganzen Tisch.

Ein wenig davon ergoss sich über Chesters Vorderpfoten.

Augenblicklich sträubte sich sein Fell.

Er machte einen Buckel, legte die Ohren zurück und fauchte wütend das widerliche Zeug an. Dabei entblößte er seine scharfen, weißen Zähne.

Dann sprang er vom Tisch, raste die Treppe hinauf und kauerte sich neben der Kellertür zusammen.

„Sieh dir das mal an!", sagte Colin erstaunt. „Das verteilt sich ja ganz schön schnell."

Er hatte Recht. Das Zeug hatte sich über den gesamten Tisch ausgebreitet und war dann an seinen Beinen hinuntergelaufen. Jetzt bedeckte es bereits den halben Boden.

„Meine Mom bringt mich um, wenn wir diese Schweinerei nicht beseitigt haben, bis sie nach Hause kommt!"

Schnell ging ich zu einem Schränkchen in der Ecke und holte eine Rolle dicker Haushaltstücher heraus. Ich riss ein Stück ab und reichte es Colin.

„Pass auf, dass du nicht mit dem Zeug in Berührung kommst", warnte ich ihn. „Ich weiß nicht, wie diese Chemikalien auf die Haut wirken."

Colin wickelte sich die Papiertücher mehrmals um die linke Hand, bis ein dickes Knäuel entstanden war, das aussah wie ein weißer Boxhandschuh.

Und dann jagten wir dem giftgrünen Glibber hinterher.

Allerdings wurde er nicht von den Papiertüchern aufgesaugt, wie ich das erwartet hatte. Jedes Mal, wenn man eine Pfütze davon berührte, löste sich das Zeug in kleine Kügelchen auf und rollte davon.

„Das ist aber merkwürdig!", rief Colin aus.

„Versuch's doch mal so!", schlug ich vor. Mit einem Haushaltstuch in jeder Hand näherte ich mich der glibberigen Masse und klemmte sie dazwischen ein. Sogar durch die dicke Papierschicht fühlten sich die Klümpchen schwammig und ekelhaft glitschig an.

„Ich kümmere mich um den Tisch, und du machst mit dem Fußboden weiter", wies ich Colin an, während ich die nächste neongrüne Pfütze in Angriff nahm.

„Wir werden es nie schaffen, diese widerliche Schmiere aufzuwischen. Die haut ja ständig ab!" Colin hatte sich einen neuen Handschuh aus Papiertüchern gemacht und kroch schwitzend auf dem Boden herum, um die zerlaufende Masse einzufangen.

„Das müssen wir aber!", sagte ich energisch. „Meine Mutter darf diese Bescherung auf keinen Fall zu Gesicht bekommen!" Ich öffnete eine weitere Rolle Haushaltstücher und startete einen neuen Angriff auf den merkwürdigen Glibber.

Wir jagten das Zeug so lange durch den ganzen Raum, bis nur noch eine einzige Pfütze auf dem

Tisch übrig war. Sobald das Papier sie berührte, glitt sie ein Stück beiseite, aber ich hielt sie sofort mit der anderen Hand auf.

„Fertig!", rief Colin. „Was machen wir denn jetzt mit den ganzen Tüchern? Sollen wir sie in der Toilette runterspülen?"

Nachdenklich starrte ich den Papierhaufen an, der sich auf dem Boden türmte.

„Nein, das geht nicht. Die würden bestimmt das Klo verstopfen."

„Na gut", antwortete Colin. „Dann werfen wir sie eben in den Abfall."

„Das läuft auch nicht. Die Mülltonne wird erst wieder am Donnerstag geleert", erklärte ich. „Ich möchte nicht, dass irgendjemand zufällig über dieses Zeug stolpert."

Als ich mich im Keller umsah, fiel mein Blick auf eine große, rote Kiste – Dads alte Kühlbox, die er immer zum Angeln mitnahm. Perfekt!

„Wir stopfen erst mal alles hier rein", sagte ich. „Und dabei sollten wir uns ein bisschen beeilen. Mom kann nämlich jeden Augenblick nach Hause kommen."

Hastig hob ich den Deckel der Kühlbox ab. Sie war gefüllt mit Tüten voller Katzenstreu.

„Al? Bist du da unten?", ertönte plötzlich Moms Stimme oben aus dem Flur. „Ich bin wieder zu Hause!"

KAPITEL 5

„**Hilf mir**, Colin!", flüsterte ich, während ich hastig begann, die Säcke mit der Katzenstreu aus der Box zu zerren.

Klick. Klack. Klick. Klack.

Mom kam auf ihren hochhackigen Schuhen die Kellertreppe herunter.

„Beeil dich, Colin. Mach schon!"

Ich raffte einen großen Haufen Papiertücher zusammen und achtete darauf, nichts von dem glibberigen Zeug an die Hände zu bekommen.

Chester maunzte kläglich. „Was hast du denn, mein Kleiner?", fragte Mom, während sie die Treppe hinunterstieg. „Ich bin's nur. Vor mir musst du dich doch nicht fürchten."

Das klappernde Geräusch von Moms Absätzen kam immer näher.

Wie die Wilden stopften Colin und ich die feuchten Papiertücher in die Kühlbox und knallten dann den Deckel drauf.

Geschafft! Mit dem linken Fuß schob ich die Box unter den Tisch – genau in dem Moment, als Mom den Raum betrat.

„Na, ihr beiden, amüsiert ihr euch?", fragte sie.

„Ach, wir hängen so 'n bisschen rum", antwortete ich und gab mir Mühe, normal zu klingen.

Mom betrachtete mich misstrauisch. „Wie ich sehe, habt ihr den Chemiebaukasten herausgeholt. Hat Michelle dir denn schon die Sicherheitsvorschriften erklärt, Al?"

„Noch nicht", gab ich zu. „Aber sie will es nachher tun, wenn ihr Schachclub gegangen ist."

Oh, nein! In diesem Moment bemerkte ich eine kleine Lache der ekligen Masse auf dem Arbeitstisch. Schnell stellte ich mich davor und versuchte, ein harmloses Gesicht zu machen. Dann legte ich unauffällig meine rechte Hand über den giftgrünen Klumpen.

„Ich möchte auf keinen Fall, dass du den Chemiebaukasten benutzt, solange du noch nicht mit allen Sicherheitsvorkehrungen vertraut bist", sagte Mom mit strenger Stimme.

Uff! Sie hatte den Glibber offenbar nicht bemerkt. „Ehrlich, Mom. Wir haben uns nur die Reagenzgläser angesehen", beteuerte ich.

Unter meiner Handfläche konnte ich das glitschige Zeug ganz deutlich spüren. Es erwärmte sich langsam und begann, zwischen meinen Fingern hervorzuquellen.

„Okay, Jungs. Wenn ihr eine Kleinigkeit essen möchtet – es ist noch jede Menge vom Geburtstagskuchen übrig", meinte Mom.

Noch mehr von dem Glibber sickerte hervor. Hastig legte ich meine linke Hand über die rechte, um ihn zu bedecken. Ich würde die klebrige, grüne Masse nicht mehr lange verbergen können.

„Vielen Dank, Mrs Sterner", sagte Colin höflich. „Wir kommen nachher bestimmt hoch und holen uns ein Stück."

Das Zeug drängte sich jetzt auch schon zwischen die Finger meiner linken Hand. „Geh doch!", flehte ich meine Mutter im Stillen an. „Geh endlich!"

„Okay, dann bis später", sagte Mom und stöckelte wieder nach oben.

Ich bewegte mich nicht, bis sie die Kellertür hinter sich geschlossen hatte. Erst dann warf ich einen Blick nach unten. Die schleimige Masse bedeckte inzwischen meine beiden Hände komplett und hatte sich schon bis zu den Gelenken vorgearbeitet.

„Hilf mir, diese Schweinerei loszuwerden!", bat Colin.

„Das Zeug ist so eklig", beschwerte der sich, griff dann aber doch zu der Rolle mit den Papiertüchern und wischte und wischte – bis die letzte Spur des widerlichen Glibbers verschwunden war.

Als ich am nächsten Morgen aufwachte, fühlte ich mich so zerschlagen, als hätte ich kein Auge zugetan.

Mit einiger Anstrengung quälte ich mich aus dem Bett. Ich konnte mich einfach nicht entscheiden, was ich zur Schule anziehen sollte. Schließlich zerrte ich ein Paar Jeans aus dem Schrank und griff nach dem erstbesten T-Shirt.

Jetzt brauchte ich nur noch Socken und Schuhe. Mir fiel wieder ein, dass Mom erst vor kurzem gewaschen hatte. Aber wo hatte sie meine Socken gelassen?

„Vergiss es!", sagte ich zu mir. „Du bist sowieso schon spät dran." Außerdem waren die Socken, die ich gestern getragen hatte, noch gar nicht so schmutzig. Und sie steckten in meinen Schuhen, sodass ich nicht erst lange nach ihnen zu suchen brauchte.

Ich setzte mich aufs Bett und zog sie an. Dann griff ich nach einem Schuh.

Eine Weile hielt ich ihn einfach nur in der Hand und betrachtete ihn nachdenklich. Was war denn heute Morgen mit mir los? Warum bewegte ich mich so langsam?

Ich zog den Schuh über den Fuß. Es fühlte sich irgendwie komisch an. Ich meine, es tat nicht weh, es fühlte sich einfach nur komisch an.

„Al, beeil dich ein bisschen!", rief meine Mutter.

Schnell streifte ich mir auch den anderen Schuh über und lief dann den Flur entlang. Als ich die Küche betrat, stolperte ich.

Michelle fand das natürlich wahnsinnig komisch. Sie kicherte so sehr, dass sie sich beinahe an ihrem Brot verschluckt hätte.

Ich blickte nach unten, um zu sehen, worüber ich gestolpert war, aber da war nichts.

„Du bist vielleicht ein Trottel!" Michelle wischte sich, immer noch glucksend, die Lachtränen aus den Augen.

„Al hätte sich verletzen können, Michelle", wies Mom sie zurecht.

„Das stimmt", schaltete sich auch Dad ein. „Es ist wirklich nicht nett von dir, deinen Bruder auszulachen."

„Aber seine Schuhe! Seht euch doch bloß mal seine Schuhe an!"

„Die trage ich sonst auch immer", verteidigte ich mich. „Was soll denn mit ihnen sein?"

Dad gab ein prustendes Geräusch von sich. Er schien sich krampfhaft zu beherrschen, um nicht laut herauszuplatzen.

„Oh, mein Gott!", stieß Mom hervor. „Michelle hat Recht!"

Ich blickte nach unten – und schnappte nach Luft!

KAPITEL 6

Ich trug den linken Schuh am rechten Fuß! Und meinen rechten Schuh ... na ja, das könnt ihr euch wahrscheinlich denken.

„Kein Wunder, dass es sich so komisch angefühlt hat", murmelte ich.

Ich konnte einfach nicht glauben, dass ich meine Schuhe falsch herum angezogen hatte. Anscheinend war ich noch ziemlich müde gewesen. Als ich sie wieder abstreifte und richtig herum anzog, kam ich mir ziemlich dämlich vor.

„Wann wirst du endlich lernen, dich alleine anzuziehen?", zog mich Michelle auf.

„Aber Michelle", mischte sich Dad ein. „Dein Bruder zieht sich doch schon alleine an, seit er ..."

„... zehn ist", spottete Michelle.

„... zwei ist", sagte Dad gleichzeitig.

„Vielleicht solltet ihr Al lieber in den Sommerkurs *Anziehen für Anfänger* einschreiben", stichelte Michelle weiter.

„Hat Chester eigentlich wieder irgendwelche neuen Tricks gelernt?", versuchte Dad, das Thema zu wechseln, damit sie nicht länger auf mir herumhackte. Meine Schwester konnte sich nämlich den ganzen Tag darüber auslassen, wie intelligent ihr Kater war.

Ihr Liebling döste in der Nähe des Ofens vor sich hin. „Komm her, Chester!", rief Michelle. „Zeig Dad, wie gut du addieren kannst. Wie viel ist zwei plus zwei?"

Aber Chester bewegte sich nicht.

„Ich werd mal eine Dose Katzenfutter holen", schlug Dad vor. „Das weckt bestimmt seine Lebensgeister."

Dad schob die Büchse in den elektrischen Dosenöffner. „Na, komm schon, Chester", forderte er ihn auf. „Spring auf den Hebel!"

Chester bewegte sich nicht.

„Ich frage mich, ob mit ihm irgendetwas nicht stimmt." Michelle klang plötzlich besorgt.

„Wahrscheinlich hat er einfach keinen Hunger", versuchte Dad sie zu beruhigen.

Chester hatte vielleicht keinen Hunger, aber ich schon. Außerdem war ich ziemlich spät dran.

Ich schaufelte eine Schale Haferflocken in mich hinein. Dann schnappte ich mir meinen Rucksack und stürmte aus der Küche. „Tschüss!", rief ich auf dem Weg nach draußen.

Zum Glück wohnen wir nur zwei Blocks von meiner Schule entfernt. Ich rannte den ganzen Weg und schaffte es gerade noch rechtzeitig vor dem Klingeln.

Direkt vor mir raste ein Mädchen mit lockigen, roten Haaren die Eingangstreppe hinauf.

„Hi, Al!", rief ich ihr hinterher.

Sie warf einen Blick über die Schulter. „Hi, Al!", erwiderte sie lachend.

Ich heiße natürlich Albert, und ihr Name ist Alix. Aber wir albern gerne herum und tun so, als hätten wir denselben Vornamen. Dieses Jahr waren wir Partner beim großen Wissenswettbewerb.

„Weißt du, wann Louis Pasteur geboren wurde?", fragte ich sie.

„1822", kam es wie aus der Pistole geschossen.

„Aus welchen Elementen besteht Wasser?"

Ich sagte das Erste, was mir in den Kopf kam. „Erdnussbutter und Marmelade."

Alix lachte.

„Glaubst du, dass wir gewinnen werden?", fragte ich sie.

„Ist das dein Ernst?" Sie grinste mich an. „Wir beide sind ein unschlagbares Team. Keine Panik!"

Gemeinsam rannten wir den Flur entlang und stürmten genau in dem Moment in die Klasse, als es klingelte.

„Ooooh, Al-vin. Jetzt wärst du aber beinahe zu spät gekommen", flüsterte Eric Rice mir zu.

Er nennt mich gerne Alvin, weil er glaubt, dass mich das ärgert. Eric ist ein richtiger Idiot.

Aber er ist auch der stärkste Junge in der sechsten Klasse, und er sitzt direkt hinter mir. Also versuche ich, mich nicht mit ihm anzulegen.

„Nun? Wer von euch hat denn alles auswendig gelernt, was ihr aufhattet?", fragte Miss Scott, unsere Gemeinschaftskundelehrerin.

Alle Schüler hoben die Hand. Sogar Eric. Als ob der jemals Hausaufgaben machen würde!

Auch ich meldete mich. Doch dann fiel mir ein, dass ich keine Ahnung hatte, was wir überhaupt hätten auswendig lernen sollen.

„Wer kann mir sagen, wie die Hauptstadt von Peru heißt?", fragte Miss Scott und ließ ihren Blick über die Klasse schweifen.

Wie üblich meldete sich Toad als Erster und wedelte eifrig mit dem Arm. Er gehörte zu einem der beiden anderen Teams, gegen die Alex und ich im Wissenswettbewerb antreten würden.

Eine Fliege landete auf meinem Pult. Ich beobachtete aufmerksam, wie sie unaufhörlich ihre Vorderbeine aneinander rieb.

„Wie wär's mit Chris?", fragte Miss Scott.

„Es ist Lima, nicht wahr?", antwortete die.

„Ist das eine Frage oder eine Antwort?", erkundigte sich die Lehrerin.

„Na ja, vielleicht von beidem ein bisschen", räumte Chris ein.

„Ich wette, dieser Fliege kommt mein Pult wie eine riesige Wüste vor", schoss es mir durch den Kopf. Ich hätte gerne einen Brotkrümel gehabt, um ihn dem Brummer zu geben.

„Also, du hattest Recht", sagte Miss Scott. „Die Hauptstadt von Peru ist Lima."

„Mann, hat die immer ein Glück!", murmelte Eric vor sich hin.

Was? Ich hatte gar nicht richtig zugehört.

„Eric, möchtest du dem etwas hinzufügen?", fragte Miss Scott.

„Ich ... äh ... nein."

„Gut, aber vielleicht kennst du die Hauptstadt von Brasilien", fuhr die Lehrerin fort.

In der Klasse herrschte atemlose Stille. Alle warteten darauf, dass Eric etwas sagte.

Ich warf einen Blick aus dem Fenster und erblickte einige kleinere Kinder, die auf dem Schulhof Völkerball spielten. Früher hatte ich auch mit Begeisterung Völkerball gespielt.

„Die Hauptstadt von Brasilien, Eric", wiederholte Miss Scott. „Sag mir, wie sie heißt!"

Ich starrte immer noch aus dem Fenster. „Der Kleine in dem gelben Pullover ist bestimmt gleich draußen", dachte ich. „Er ist viel zu langsam für Völkerball."

„Eric, die Hauptstadt von Brasilien, bitte!"

„Also, schauen wir mal ...", setzte Eric an.

„Du hast die Hauptstädte doch übers Wochenende auswendig gelernt, nicht wahr?"

„Natürlich", versicherte Eric. „Könnten Sie den Namen des Landes noch mal wiederholen?"

Die anderen lachten.

„Eric, wenn du deine Hausaufgaben nicht gemacht hast, muss ich dich bitten, nach der Schule hier zu bleiben", sagte Miss Scott streng.

„Aber ich habe am Nachmittag Baseballtraining", protestierte Eric. „Sie können mich heute nicht hier behalten."

„Erst kommt die Schule und dann das Vergnügen", erklärte Miss Scott unerbittlich. „Du kennst die Regeln, Eric."

In diesem Moment klopfte es an der Tür. Es war Mr Emerson, unser Rektor.

„Entschuldigt mich einen Augenblick", sagte Miss Scott zu uns. „Ich bin gleich zurück." Kaum hatte sie die Klasse verlassen, klopfte Eric mir auf die Schulter.

„Okay, Al. Wie ist die richtige Antwort?", zischte er mir zu.

„Hä? Die Antwort worauf?"

„Wie die Hauptstadt von Brasilien heißt, du Idiot. Hast du denn nicht zugehört?"

„Was hältst du eigentlich von Völkerball?", fragte ich ihn.

„Reiß dich zusammen, Sterner!", knurrte Eric. „Und sag mir gefälligst den Namen!"

„Hotdogs", erwiderte ich.

„Was redest du denn da?", fragte Eric entgeistert.

„Ich habe nur gerade daran gedacht, dass die Hotdogs im Baseballstadion besser schmecken als irgendwo sonst. Und weißt du auch, warum?"

„Sag mir endlich die Hauptstadt von Brasilien!" Erics Stimme klang jetzt drohend. Ich bemerkte, dass auf seiner Stirn eine kleine Ader pochte.

„Oh, das ist Cleveland", flüsterte ich genau in dem Moment, als Miss Scott wieder den Klassenraum betrat.

„Und, Eric? Wie heißt nun also die Hauptstadt von Brasilien?", fragte sie.

„Cleveland", verkündete Eric stolz.

Die ganze Klasse brüllte vor Lachen. Sogar Miss Scott hatte Mühe, ernst zu bleiben.

„Cleveland?", dachte ich erschrocken. „Warum habe ich das denn gesagt?"

„Also gut, Eric", meinte Miss Scott. „Du solltest dich schon mal darauf einstellen, nach der Schule hier zu bleiben. Ich habe das Gefühl, auf uns wartet eine ganze Menge Arbeit!"

„Cleveland ist also nicht die Hauptstadt von Brasilien?", fragte Eric langsam.

„Cleveland liegt in Ohio", antwortete Miss Scott. „Und es ist überhaupt keine Hauptstadt!"

Ich spürte Erics heißen Atem an meinem Ohr. „Das wirst du mir büßen, Sterner!", flüsterte er mir zu. „Warte, bis ich dich erwische!"

KAPITEL 7

KAUM WAR die letzte Stunde zu Ende, sprang ich auf und raste aus der Klasse.

Ich wusste zwar, dass Miss Scott versuchen würde, Eric nach der Schule da zu behalten, wollte aber lieber kein Risiko eingehen. Am besten war ich längst zu Hause – hinter verschlossenen Türen –, bevor er überhaupt das Gebäude verlassen konnte.

Blitzschnell sauste ich den Flur entlang, zur Vordertür hinaus und die Treppen hinunter. Und ich rannte immer weiter.

Die ganze Zeit hörte ich Erics Stimme in meinem Kopf. *Das wirst du mir büßen, Sterner! Warte, bis ich dich erwische!*

Das war keine leere Drohung. Während der Mathestunde hatte er mir einen Zettel zugeschoben, auf dem verschiedene Knochen meines Körpers aufgezählt waren – und was er vorhatte, damit anzustellen.

Als ich an das Briefchen dachte, rannte ich noch schneller. Jetzt war ich an drei Häuserblocks vorbei. Vier Blocks. Fünf.

Meine Lungen brannten, aber ich wusste, dass ich mich noch viel schlechter fühlen würde, wenn Eric mich erwischte.

Nachdem ich um die nächste Ecke gebogen war, leuchtete mir eine rote Ampel entgegen. Ängstlich schaute ich mich um, während ich darauf wartete, dass sie grün wurde.

Bis jetzt war kein Eric zu sehen.

Kaum war die Ampel umgesprungen, sprintete ich über die Straße. Doch dann blieb ich wie angewurzelt stehen.

Moment mal! Auf meinem Nachhauseweg gab es doch gar keine Ampel.

Verwirrt schaute ich mich um. Ich erkannte überhaupt nichts wieder. Die Gegend war mir völlig fremd.

„Das ist unmöglich", dachte ich. „Ich habe mein ganzes Leben in Shadyside verbracht – da müsste mir doch irgendetwas bekannt vorkommen."

Ich warf einen Blick auf das Straßenschild. *Fear Street* stand darauf.

Diesen Namen kannte ich. Jeder in Shadyside kannte die Fear Street. Aber ich konnte mich nicht erinnern, jemals hier gewesen zu sein.

Einige der Häuser, an denen ich jetzt vorbeilief, waren groß und protzig, andere klein und heruntergekommen. Aber keins von ihnen war mir vertraut.

„Keine Panik!", redete ich mir gut zu. „Du kannst nicht mehr als ein paar Blocks von zu Hause entfernt sein."

An der nächsten Straßenecke blickte ich nach rechts und nach links. Welchen Weg sollte ich jetzt einschlagen? Wenn ich die falsche Entscheidung traf, würde ich vielleicht Eric in die Fänge geraten.

Wieder begann ich zu rennen. Ich hatte keine Ahnung, in welche Richtung ich lief, aber ich fühlte mich sicherer, wenn ich in Bewegung blieb. Vier Blocks. Fünf Blocks. Sechs. Sieben. Acht. Ich rannte, bis die Häuser aufhörten – und ich in einer Sackgasse gelandet war.

Ich musste jetzt entweder umkehren oder versuchen, durch den Fear-Street-Wald nach Hause zu kommen. „Wenn ich denselben Weg zurücklaufe, könnte ich Eric begegnen", überlegte ich. Also entschied ich mich für den Wald. Da würde er mich nie finden.

Blitzschnell flitzte ich zwischen die Bäume. Sie waren riesig und standen eng beieinander. Durch ihre dicht belaubten Äste drang kaum ein Lichtstrahl. Je tiefer ich in den Wald hineinkam, desto dunkler wurde es.

Außerdem war es schon ziemlich spät. Mit Schrecken wurde mir klar, dass Eric die Schule inzwischen auf jeden Fall verlassen hatte.

Plötzlich hörte ich ein Rascheln in dem Gebüsch hinter mir.

„Oh, nein!", schoss es mir voller Entsetzen

durch den Kopf. „Das ist Eric! Er hat mich gefunden! Jetzt bin ich erledigt!"

Kopflos vor Panik raste ich zwischen den Bäumen davon, die sich langsam lichteten. Auf einmal verlor ich das Gleichgewicht, und meine Füße rutschten unter mir weg.

Ich flog durch die Luft und landete – *platsch!* – auf allen vieren im Wasser. Das musste wohl der Fear-Street-See sein.

Meine Schuhe waren klatschnass und meine Füße eiskalt.

Hastig richtete ich mich auf und kletterte aus dem flachen Wasser. Ich musste weiterlaufen – egal, wie durchgeweicht meine Schuhe waren. Mir blieb keine andere Wahl. Denn wenn Eric mich erwischte, würde er mich in den Boden stampfen.

Auf einmal hörte ich Schritte hinter mir.

Ich rannte in meinen quietschenden Schuhen, so schnell ich konnte. Aber mein Verfolger kam immer näher.

Eric war zu schnell für mich.

Er fasste mich von hinten an den Schultern – und wirbelte mich herum.

KAPITEL 8

„**Hey, wo** willst du denn hin?"

Das war ja gar nicht Eric! Es war Colin!

„Du musst mir helfen!", rief ich. „Ich hab mich total verlaufen, und ich will unbedingt nach Hause, bevor Eric mich findet."

Colin schaute mich merkwürdig an. „Man kann euer Haus von hier aus doch schon fast sehen." Er drehte mich um und deutete mit dem Finger geradeaus.

Er hatte Recht. Vor mir lag die Village Road – und dort wohne ich.

Ich kam mir ziemlich idiotisch vor. Wie hatte ich es nur fertig gebracht, mich sozusagen in meinem eigenen Garten zu verlaufen?

„Danke", nuschelte ich verlegen. „Aber was machst du eigentlich hier?"

„Ich habe gesehen, wie du nach der Schule weggerannt bist, und habe versucht, dich einzuholen, aber du warst zu schnell. Hast du nicht gehört, dass ich dich gerufen habe?"

„Nein", musste ich zugeben. „Ich war wohl zu sehr damit beschäftigt, abzuhauen, bevor Eric mich in die Finger kriegt."

Schweigend gingen wir zu unserem Haus. Keiner von uns beiden hatte Lust zu reden. „Kommst du noch mit rein?", fragte ich Colin, als wir vor der Einfahrt standen.

„Ich kann nicht", sagte er. „Ich muss gleich nach Hause. Mein Bruder und ich nehmen mit dem neuen Camcorder meines Vaters ein Musikvideo auf. Wir sehen uns dann morgen in der Schule." Rasch machte er sich auf den Weg.

„Okay. Bis morgen", rief ich ihm hinterher und rannte dann schnell nach drinnen, wo ich vor Eric in Sicherheit war.

In der Küche traf ich auf Michelle, die am Tisch saß. Vor ihr lag ein aufgeschlagenes Mathebuch, aber sie schaute nicht hinein. Stattdessen starrte sie Löcher in die Luft.

„Mit Chester stimmt irgendetwas nicht", sagte sie leise. „Ich erkenne ihn gar nicht wieder. Er hat nicht nur vergessen, wie man den elektrischen Dosenöffner bedient, er wartet jetzt auch immer darauf, dass ich den Fernseher für ihn anschalte."

„Na und? Vielleicht ist er einfach nur faul", meinte ich.

„Nein, du hast mich anscheinend nicht verstanden! Es muss etwas Ernstes sein. Er weiß nicht mehr, welchen Wochentag wir haben. Er kann die Uhr nicht mehr lesen. Und er kann nicht mal mehr zählen!", jammerte sie. „Gestern muss etwas mit ihm passiert sein. Da bin ich mir sicher."

„Wie kommst du denn darauf?", fragte ich.

„Weil vorher alles in Ordnung war", antwortete sie.

Ich wette, niemand in der ganzen Schule – ja, vielleicht nicht mal auf dem ganzen Erdball – hat eine Schwester, die sich solche Sorgen um ihre Katze macht wie Michelle.

Jetzt starrte sie weiter vor sich hin und dachte darüber nach, was wohl mit Chester los war.

„Hey, Tubby!", rief ich laut. „Ich bin zu Hause. Komm her, Tubs!" Ich hörte, wie mein Hund den Flur entlanggerast kam – und dann ins Wohnzimmer sauste.

„Tubby, ich bin hier! In der Küche", rief ich noch einmal.

Er stieß ein dumpfes Bellen aus.

„Komm her, Tubby!"

Wieder bellte er kurz.

„Dein Hund ist so unglaublich dumm, dass er nicht mal vom Wohnzimmer in die Küche findet, ohne sich zu verlaufen", schnaubte Michelle abfällig.

„Klar tut er das." Ich hob Tubbys Schüssel auf, kippte etwas Trockenfutter hinein und schüttelte sie hin und her.

Mit einem großen Satz kam Tubby in die Küche gesprungen. „Siehst du?", sagte ich.

„Echt toll. Dieses Spatzenhirn findet tatsächlich seinen eigenen Fressnapf", stichelte Michelle.

„Sogar ein Goldfisch weiß, wo es für ihn was zu futtern gibt."

„Komm, Tubby! Das müssen wir uns nicht anhören. Lass uns nach draußen gehen!" Zielstrebig marschierte ich auf die Schiebetür zu, die in den Garten führte, und knallte mit voller Wucht gegen das Glas.

Tubby, der sich dicht neben mir gehalten hatte, erging es genauso.

Ich hoffte inständig, dass Michelle nichts davon gemerkt hatte.

„Äh, Al", sagte sie.

Sie hatte es gemerkt!

„Es ist nur ein Vorschlag. Aber vielleicht solltest du nächstes Mal versuchen, die Tür vorher zu *öffnen*."

„Ha, ha. Sehr witzig", murmelte ich vor mich hin.

„Du wirst langsam schon genauso blöd wie Chester", rief Michelle aus. „Schnell, Al – wie viel ist eins plus eins?"

Ich machte mir nicht die Mühe zu antworten, sondern öffnete die Schiebetür und schleifte Tubby hinter mir her in den Garten.

Dort ließ ich mich aufseufzend ins Gras fallen. Der Hund plumpste neben mir nieder.

Etwas, das Michelle gesagt hatte, ließ mich nicht los. Es hatte nichts damit zu tun, dass sie Tubby und mich dumm genannt hatte. Das tat sie ständig.

Nein, es war eine Bemerkung über ihren Kater gewesen. Etwas furchtbar Wichtiges. Doch sosehr ich mich auch anstrengte, es fiel mir einfach nicht mehr ein.

Chester wurde immer blöder. Hatte sie das gesagt? Nein. Sie hatte gemeint, ich würde langsam genauso blöd wie Chester. Welche Verbindung gab es zwischen mir und dem Kater?

Das Ganze kam mir vor wie ein Puzzle, bei dem ein wichtiges Teil fehlte. Hatte Michelle nicht erwähnt, dass Chester gestern etwas zugestoßen sei?

Was war gestern passiert? Plötzlich erinnerte ich mich an einen furchtbaren Gestank – Michelles Brownies. Das musste es sein! Ihre verbrannten Kekse hatten offenbar etwas mit meinem armen Gehirn angestellt.

Aber Moment mal! Ich hatte doch gar keinen davon gegessen. Und Chester auch nicht. Nur Colin hatte sich einen in den Mund gestopft, und er war der Einzige, der nicht dümmer war als vorher. Wenigstens nahm ich das an.

„Konzentrier dich!", befahl ich mir.

Colin hatte gesagt, die Brownies würden stinken. Oder nicht? Stopp! Das war es! Er hatte eine *Stink*bombe bauen wollen!

Aber die Stinkbombe konnte doch nichts mit meiner zunehmenden Dummheit zu tun haben, oder? Sie war ja nicht mal losgegangen! Das Ganze war ein völliger Reinfall gewesen. Außer einem Haufen grünem Glibber war nichts dabei herausgekommen.
Glibber.
Giftgrüner Glibber.
Den ich an beiden Händen gehabt hatte.
Der über Chesters Pfoten gelaufen war.
Moment. Jetzt hatte ich es! Chester und ich, wir wurden beide immer dümmer. Er hatte Kontakt mit der ekligen, grünen Masse gehabt und konnte nicht mehr zählen. Ich hatte das Zeug auch berührt und dachte jetzt, Cleveland läge in Brasilien.
Diese merkwürdige, neonfarbene Pampe war also schuld!
Ich musste unbedingt mit Colin über die Sache reden und alles noch mal mit ihm durchgehen. Eigentlich klang es ganz logisch, aber ich war mir nicht hundertprozentig sicher.
Schnell ging ich wieder ins Haus – diesmal, ohne gegen die Scheibe zu laufen – und rannte ins Schlafzimmer meiner Eltern, um ihr Telefon zu benutzen. Ich wollte nicht, dass Michelle mein Gespräch belauschte.
Ich brauchte drei Anläufe, bis ich Colins Tele-

fonnummer richtig gewählt hatte. „Es ist der Glibber", platzte ich heraus, als er sich meldete.

„Was?", fragte Colin verblüfft.

„Der Glibber", wiederholte ich. Warum war er denn so begriffsstutzig? „Das eklige Zeug ist schuld, dass ich immer dümmer werde!"

„Hey! Wer sagt denn, dass du dumm bist?", rief Colin aus. „Das stimmt doch gar nicht."

„Doch, es stimmt. Ich fürchte, ich bin dabei, total zu verblöden."

„Na ja, im Moment klingst du jedenfalls so", erwiderte Colin trocken.

„Wirklich?" Mann, war ich erleichtert. Wenigstens mit dieser Vermutung lag ich richtig! „Jetzt hör mir mal zu", sagte ich zu Colin. „Chester hat den grünen Glibber an seine Pfoten bekommen, und ich habe das Zeug mit den Händen berührt."

„Ach", sagte Colin nur.

„Deswegen ist Chester jetzt so dumm wie Tubby. Und ich habe mich auf dem Rückweg von der Schule verlaufen, bin gegen eine Glastür geknallt und habe meine Schuhe falsch herum angezogen. Ganz zu schweigen davon, dass ich mich eben kaum noch an deine Telefonnummer erinnern konnte. Ich bin verblödet, Colin. Und schuld an allem ist diese widerliche Schmiere!"

„Wie soll denn ein grüner, wabbeliger Klumpen so etwas fertig bringen?", fragte Colin skeptisch.

„Woher soll ich das wissen? Außerdem bin ich längst zu dumm, um dir diese Frage zu beantworten."

„Okay, okay. Ich habe eine Idee. Am besten gehst du in den Keller und schaust mal in die Kühlbox. Du wirst sehen – dieser Glibber ist einfach ... Glibber. Er kann dir überhaupt nichts anhaben", versuchte Colin, mich zu beruhigen.

„Und wenn doch?", fragte ich.

„Tu's einfach!", sagte er nachdrücklich.

Ich legte auf und ging in den Keller. Colin hatte Recht. Ich musste einen Blick auf das seltsame Zeug werfen und mich davon überzeugen, dass es völlig harmlos war. Danach würde ich mich bestimmt besser fühlen.

Ganz leise öffnete ich die Kellertür und ging die Stufen hinunter. Die Kühlbox stand noch unter dem Tisch – genau dort, wo ich sie hingeschoben hatte.

Vorsichtig hob ich den Deckel ein kleines Stück an – und sog vor Schreck scharf die Luft ein.

Ein riesiger Klumpen der schleimigen Masse thronte oben auf den Papiertüchern.

Es sah aus, als ob all die kleinen Kügelchen, die wir aufgewischt hatten, zu einem gigantischen, glitschigen Haufen verschmolzen wären.

Und jetzt begann der Glibber auch noch zu leuchten!

Als ich den Deckel etwas weiter öffnete, sah ich, dass dieses unheimliche Ding *Adern* hatte. Leuchtende, pulsierende Adern!

Gerade wollte ich den Deckel wieder zuknallen, als es in dem Klumpen zu brodeln begann. Eine kleine Blase brach durch die schleimige Oberfläche und platzte. Dann noch eine. Und noch eine.

Blubb. Popp. Blubb. Popp.

Immer mehr Bläschen stiegen an die Oberfläche und zerplatzten.

Und dann bildete sich plötzlich ohne Vorwarnung eine riesige Blase, die den Deckel der Kühlbox aufdrückte.

Ich sprang erschrocken zurück. Aber es war bereits zu spät.

KAPITEL 9

PLATSCH!

Die riesige Blase platzte.

Ein großer Klumpen der widerlichen Masse traf mich mitten im Gesicht.

Das schleimige Zeug tropfte über meine Augen, meine Nase, meine Wangen und hing in klebrigen Fäden von meinem Kinn.

„Oh, nein!", stöhnte ich. Jetzt würde ich bestimmt total verblöden.

Ich musste diesen unheimlichen Glibber sofort abwaschen, bevor er mich zu einem völligen Idioten machte!

Rasch lief ich zu dem Eckschränkchen, aber es waren keine Papiertücher mehr da. Wir hatten sie gestern alle verbraucht.

Voller Panik riss ich mir das T-Shirt vom Leib und rieb mir das Gesicht damit ab. Der Glibber erwärmte sich jetzt langsam und wurde immer klebriger. Ich bekam das Zeug kaum noch ab.

Ich schrubbte wie ein Verrückter. Dabei presste ich die Lippen fest zusammen. Ich fragte mich, was wohl passieren würde, wenn ich etwas von der schleimigen Masse verschluckte. Das tat ich natürlich nicht – und ich hatte auch keine Lust, herauszufinden, wie es sich ausgewirkt hätte.

Mein Gesicht brannte und kribbelte bereits, aber ich rubbelte hektisch weiter, bis ich auch den letzten Rest der Pampe entfernt hatte.

Als ich fertig war, steckte ich blitzschnell mein T-Shirt in die Kühlbox und knallte den Deckel zu. Dann raste ich die Kellertreppe hinauf und durch den Flur in das Bad, das ich mir mit Michelle teile. Ich musste unbedingt einen Blick in den Spiegel werfen, um sicherzugehen, dass ich keinen einzigen Tropfen übersehen hatte.

Nachdem ich die Badezimmertür hinter mir abgeschlossen hatte, stellte ich mich ganz dicht vor den Spiegel und suchte selbst nach winzigsten Spritzern der giftgrünen Schmiere.

Es war nichts zu erkennen. Aber vielleicht war ja etwas von dem Glibber in meine Ohren gesickert – tief ins Innere meines Kopfes, wo ich es nicht sehen konnte.

Schaudernd stellte ich mir vor, wie das schleimige Zeug direkt in mein Gehirn kroch.

Mir wurde plötzlich klar, dass ich Mom und Dad von der Sache erzählen musste. Hier ging es um ein ernsthaftes Problem.

Ich wusste, dass die beiden furchtbar ärgerlich sein würden, weil ich den Chemiebaukasten heimlich benutzt hatte, und wollte lieber nicht darüber nachdenken, wie meine Strafe ausfallen könnte. Wahrscheinlich Stubenarrest bis zum

Ende meiner Collegezeit – falls ich jemals aufs College gehen würde. Bis es so weit war, war von meinem Gehirn ja wahrscheinlich nicht mehr sehr viel übrig.

Mir blieb trotzdem keine andere Wahl – ich musste Mom und Dad alles beichten. Meine Eltern waren intelligent und arbeiteten in der Forschung. Vielleicht würden sie einen Weg finden, mich vor einem Leben als Trottel zu bewahren.

Als ich mich aufmachte, um nach den beiden zu suchen, schlug mein Magen vor Aufregung Purzelbäume. Meine Eltern saßen im Wohnzimmer auf dem Sofa und lasen irgendwelche wissenschaftlichen Zeitschriften.

Ich atmete tief durch. „Mom, Dad, ich muss mit euch reden", setzte ich an. Meine Stimme zitterte nur ein klein wenig.

„Was ist denn los, Schatz?", fragte Mom. „Du siehst ja so aufgeregt aus."

„Es ist wegen des Glibbers", sagte ich. „Chester und ich haben ihn berührt. Und deswegen ..."

Dad legte sein Exemplar von *Biologie heute* beiseite. „*Glibber?*", erkundigte er sich verblüfft. „Was um alles in der Welt ist *Glibber*?"

„So 'n giftgrünes Zeug, das über Chesters Pfoten gelaufen ist", erklärte ich. „Und ein Rest davon war noch auf dem Arbeitstisch im Keller. So bin ich damit in Berührung gekommen."

Mom und Dad sahen sich erstaunt an.

Ich merkte selber, wie chaotisch meine Erklärung klang, aber ich war völlig durcheinander und hatte große Mühe, klar zu denken.

„Wo kam dieser *Glibber* her?", fragte Mom.

Ich zögerte. „Erzähl's ihnen!", befahl ich mir selbst. „Es bleibt dir gar nichts anderes übrig. Sie sind die Einzigen, die dir helfen können."

In diesem Moment klingelte es an der Tür.

„Ich geh schon!", rief Michelle aus der Küche.

Als ich gerade anfangen wollte zu beichten, stieß meine Schwester ein ohrenbetäubendes Kreischen aus.

Mom sprang wie von der Tarantel gestochen auf. „Was ist denn los?", rief sie erschrocken.

Michelle kam aufgeregt ins Wohnzimmer gesaust. „Es ist ein Einschreiben. Vom Technischen Institut in Eastland!"

Ich wusste genau, was das bedeutete. Dieses Institut veranstaltete jährlich einen landesweiten Wettbewerb für Highschool-Absolventen. Es ging dabei um naturwissenschaftliche Themen, und man musste das reinste Superhirn sein, um überhaupt teilnehmen zu dürfen. Für Michelle natürlich kein Problem.

Ungeduldig riss sie den Brief auf. Mom und Dad lasen über ihre Schulter mit.

„Du hast gewonnen, Liebling!", jubelte Mom.

„Und dann noch den ersten Preis!", rief Dad begeistert. „Wir sind ja so stolz auf dich!"

„Mom! Dad!", mischte ich mich ein. „Ich muss mit euch über den Glibber reden. Sofort!"

„Willst du deiner Schwester denn gar nicht gratulieren?", wandte Mom ein, während sie den Brief noch einmal überflog.

„Herzlichen Glückwunsch", murmelte ich halbherzig. Michelle hielt es nicht für nötig, darauf zu reagieren. „Ich versuche schon die ganze Zeit, euch etwas Wichtiges zu erzählen", beharrte ich. „Ihr müsst mir zuhören! Der Glibber ist schuld daran, dass Chester und ich uns so merkwürdig verhalten."

„Wisst ihr, was ich denke?", fragte Dad.

Na, endlich! Mein Vater würde mir helfen.

„Was denn, Schatz?", erkundigte sich Mom.

„Ich denke, das sollten wir feiern", verkündete Dad. „Lasst uns richtig nobel essen gehen. Heute ist Michelles großer Tag."

„Vielen Dank, Dad!", dachte ich bitter.

Ich zerrte an Moms Arm. „Es geht um Leben und Tod!", jammerte ich. „Als ich mit dem Chemiebaukasten gespielt habe ..."

Wie auf Kommando drehten sich meine Eltern zu mir um.

„Du hast mit dem Chemiebaukasten gespielt?", fragte Mom.

„Bevor Michelle dir die Sicherheitsvorschriften erklärt hat?", fügte Dad hinzu.

Ich nickte langsam. „Und jetzt ist der Glibber in der Kühlbox, und er ..."

„Nun gut, wir werden morgen darüber sprechen", sagte Dad zu mir.

„Aber bis dahin bin ich bestimmt schon wieder dümmer geworden", protestierte ich.

„Das kann ich mir kaum vorstellen. Es ist schon ziemlich dämlich gewesen, den Chemiebaukasten unerlaubt zu benutzen", fauchte Mom.

„Hol deinen Mantel, Michelle", bat Dad. „Al, ich sagte, wir reden morgen über die Sache."

Ich seufzte resigniert.

Vielleicht würde es mich sogar ein bisschen ablenken, ins Restaurant zu gehen. Immerhin wusste ich noch, wie man aß.

„Ich bin gleich wieder da", sagte ich. „Meine Jacke hängt in meinem Zimmer."

„Al", rief Dad mir hinterher. „Übermorgen ist doch der große Wissenswettbewerb, nicht wahr?"

„Ja, Dad", antwortete ich schwach.

„Weißt du, wie Michelle es geschafft hat, dreimal hintereinander zu gewinnen?", fragte Dad. „Indem sie hart gearbeitet und Opfer gebracht hat."

Michelle war inzwischen mit ihrem Mantel zurückgekommen und hatte sich neben Dad aufgebaut. Sie grinste mich frech an und genoss die Szene in vollen Zügen.

„Vielleicht solltest du hier bleiben", fuhr Dad fort. „Dann hast du das ganze Haus für dich alleine – die perfekte Voraussetzung, um in Ruhe zu lernen."

„Aber ich muss doch auch was essen", wandte ich ein.

„Du kannst dir ein Fertiggericht in der Mikrowelle aufwärmen", sagte meine Mutter.

„Aber, Mom ..." Ich brach ab und schüttelte resigniert den Kopf. Nichts konnte sie jetzt noch umstimmen. Das spürte ich genau.

„Viel Spaß", murmelte ich, als die drei aus der Tür marschierten.

Mutlos ließ ich mich auf die Couch fallen. Was sollte ich denn bloß tun? Mir war klar, dass Mom und Dad mir nicht helfen würden.

Chester kam gemächlich ins Wohnzimmer geschlendert. Er sprang auf meinen Schoß und begann zu schnurren. Seitdem er nicht mehr so schlau war, schien er mich viel lieber zu mögen.

Ich kraulte ihn unter dem Kinn. „Na, was machen wir jetzt, Chester? Ich wette, du hast auch keine Ahnung, hm?"

Irgendwie musste ich dieses Teufelszeug aufhalten. Ich konnte hier nicht den ganzen Abend tatenlos rumsitzen, während ich unaufhaltsam immer dümmer wurde.

Ja, das war's! Wie elektrisiert sprang ich auf. Ich würde mir das Handbuch durchlesen, das zum Chemiebaukasten gehörte. Vielleicht würde ich darin einige Antworten finden.

Da ich nicht besonders scharf darauf war, allein in den Keller zu gehen, nahm ich Tubby mit. Ich warf nicht mal einen kurzen Blick auf die Kühlbox, sondern griff mir nur schnell das Handbuch und rannte wieder nach oben.

Dann stürmte ich in mein Zimmer und knallte die Tür hinter mir zu. Ich setzte mich an meinen Schreibtisch und knipste die Lampe an. Tubby ließ sich zu meinen Füßen auf den Boden fallen.

„Du schaffst das!", versuchte ich, mir Mut zu machen, und schlug das Inhaltsverzeichnis des Handbuchs auf.

„Oh, nein!", stöhnte ich. Was waren denn das für komplizierte Begriffe? „Chemische Verbindungen. Die einzelnen Elemente. Die Neutralisation von Lösungen", entzifferte ich mühsam. Wie sollte ich bloß herauskriegen, was diese Worte bedeuteten?

Miss Scott hätte mir bestimmt geraten, einen Blick ins Wörterbuch zu werfen. Sie ließ uns nämlich ständig irgendwelche Dinge nachschlagen.

Also nahm ich mein Lexikon vom Regal und blätterte die Seiten durch, die mit dem Buchstaben *V* markiert waren.

Mit dem Finger fuhr ich die Spalten entlang. „Ver", murmelte ich vor mich hin. „Ver-b. Ver-bin-dung."

Da war es ja schon. *„Hierbei werden bewegliche Sachen dergestalt verbunden, dass sie wesentliche Bestandteile einer einheitlichen Sache werden."*

„Was soll das denn wieder heißen?", stöhnte ich. Aber dann riss ich mich zusammen und machte mit dem nächsten Wort weiter, das ich nicht verstand.

Ich blätterte zurück zum Buchstaben *B*. „Bestandteile", brummelte ich.

Na bitte! *„Meistens mehr oder weniger abgegrenzte Sachteile, die ..."*

Entnervt schlug ich den Wälzer zu und warf ihn ins Regal zurück.

„Es ist hoffnungslos!", rief ich aus. „Ich bin zu dumm! Ich bin einfach zu dumm!"

Und dann kam mir ein furchtbarer Gedanke.

Würde ich morgen überhaupt noch lesen können?

KAPITEL 10

AM FOLGENDEN Tag wunderte ich mich nicht mehr darüber, dass ich mich so komisch fühlte. Schließlich wusste ich jetzt, was los war. Ich war schon wieder dümmer geworden. Leider war das auch schon so ziemlich alles, was ich wusste.

Wenn ich nicht zu viel redete, würde es mir vielleicht gelingen, mich durch den Tag zu mogeln, ohne dass meine Blödheit allzu sehr auffiel.

Erstaunlicherweise schaffte ich es problemlos, meine Jeans, mein Hemd und meine Socken anzuziehen. Doch dann kam der schwierigste Teil – die Schuhe.

Ich hob einen von ihnen auf und drehte ihn hin und her. Aufmerksam betrachtete ich zuerst den Schuh und dann nacheinander meine Füße. Hey, hier könnte er passen!

Langsam fuhr ich mit dem linken Fuß hinein. Es fühlte sich ganz bequem an.

Über den zweiten Schuh musste ich nicht mehr lange nachdenken. Ich streifte ihn über den anderen Fuß und war fertig.

„Du machst das prima", lobte ich mich.

Jetzt musste ich mir noch die Zähne putzen und mich kämmen. Also ging ich ins Badezimmer.

Ich brauchte eigentlich bloß drei Dinge. Einen Kamm, eine Zahnbürste und Zahnpasta. Ganz einfach, oder?

Na ja, relativ einfach. Es dauerte gar nicht so lange, bis ich die Zahnpasta wieder aus meinem Haar gespült hatte.

Dann wischte ich den Kamm ab, drückte ein wenig Zahncreme auf meine Zahnbürste und putzte mir die Zähne.

Um Zeit zu sparen, verzichtete ich auf das Frühstück – nur für den Fall, dass ich mich auf dem Weg zur Schule wieder verlaufen würde.

Mom reichte mir eine Plastikbox mit meinem Mittagessen, als ich an ihr vorbeiging.

„Dein Vater und ich haben gestern Abend noch einmal über den Chemiebaukasten gesprochen", sagte sie zu mir.

„Das auch noch!", dachte ich. „Ich habe heute einen schweren Tag vor mir, da kann ich auf eine Strafpredigt gut verzichten."

„Es war unverantwortlich von dir, ihn zu benutzen, ohne mit den Sicherheitsvorschriften vertraut zu sein", fuhr Mom fort. „Aber wir wissen auch, wie hart du in letzter Zeit gearbeitet hast, um dich auf den Wissenswettbewerb vorzubereiten. Deswegen haben wir beschlossen, dich noch einmal ohne Strafe davonkommen zu lassen."

Puh! Endlich mal eine gute Nachricht.

„Danke, Mom", rief ich ihr zu und ging zur Haustür. Indem ich mich auf jeden einzelnen Schritt konzentrierte, schaffte ich es, die Schule vor dem ersten Klingeln zu erreichen.

„Hey, Superhirn!", rief mir jemand zu.

Als ich mich umdrehte, entdeckte ich Eric, der, an eine große Eiche gelehnt, auf mich wartete.

„Ooooooh!", stöhnte ich. Eric hatte ich ja völlig vergessen.

„Du hattest Glück, dass ich dich gestern Nachmittag nicht gefunden habe", knurrte er.

„Stimmt", murmelte ich und ging weiter.

Eric überholte mich und vertrat mir den Weg. Dann drückte er mir ein Blatt Papier in die Hand.

„Was ist das?", fragte ich.

„Meine Mathehausaufgaben", informierte er mich. „Sie müssen bis zur Mittagspause fertig sein."

„Möchtest du, dass ich dir dabei helfe?"

„Nein, ich möchte, dass du sie für mich machst. Und sei pünktlich damit fertig!", sagte Eric mit leiser, drohender Stimme. Dann drehte er sich um und stolzierte die Schultreppe hinauf.

Ich starrte auf den Zettel in meiner Hand.

„Wenn du dir einen Gefallen tun willst", rief Eric über die Schulter zurück, „dann gib dir Mühe! Versuch ja nicht noch mal, mich so reinzulegen wie gestern. Das ist deine letzte Chance!"

Als ich mir das Blatt wieder ansah, zog sich mein Magen schmerzhaft zusammen.

Zahlen. Jede Menge Zahlen. Klar, schließlich waren das ja auch Matheaufgaben.

Aber warum standen diese seltsamen kleinen Symbole dazwischen? Sie kamen mir irgendwie bekannt vor, aber ich konnte mich nicht erinnern, was sie bedeuteten.

Ich musste unbedingt Colin finden. Er wusste, was mit mir los war, und würde mir sicher helfen.

Wie ein Wilder rannte ich die Eingangstreppe hinauf, durch die großen Doppeltüren und den Flur entlang. Wenn ich es schaffte, vor dem letzten Klingeln in der Klasse zu sein, konnte ich Colin alles erklären. Bestimmt würde er Erics Hausaufgaben für mich erledigen.

„Alles klar für morgen?", fragte eine Stimme. Alix tauchte mit einem breiten Grinsen auf dem Gesicht neben mir auf.

„Morgen? Was ist denn morgen?", erkundigte ich mich verblüfft.

„Als ob du das nicht wüsstest", neckte sie mich. „Ich wette, du hast pausenlos für den Wissenswettbewerb gebüffelt, damit niemand behaupten kann, deine Schwester sei schlauer als du."

„Da liegst du falsch", nuschelte ich.

In dem Moment, als wir durch die Tür traten, klingelte es, und Miss Scott begann sofort mit dem Unterricht. Mir blieb keine Zeit, mit Colin zu sprechen.

Was sollte ich jetzt nur tun? Eric erwartete, dass seine Hausaufgaben bis zur Mittagspause fertig waren. Und ich würde vorher keine Gelegenheit mehr haben, Colin um Hilfe zu bitten.

„Ich schätze, ich werde es wohl alleine probieren müssen", dachte ich und starrte auf das Blatt mit den Aufgaben. Mit zusammengekniffenen Augen betrachtete ich die vielen Zahlen und rätselhaften Symbole.

Was sollte bloß dieses kleine Kreuz bedeuten? Und diese zwei Pünktchen übereinander?

Ich konnte Erics heißen Atem förmlich in meinem Nacken spüren. Das würde ich nie schaffen. Nie! Er würde mich umbringen!

Die Stunden bis zur Mittagspause flogen nur so dahin – ich konnte es kaum glauben, als es klingelte. „Ich warte draußen vor der Tür auf meine Hausaufgaben, Superhirn!", zischte Eric mir zu.

Langsam steckte ich meine Bücher in den Rucksack. Dann sammelte ich alle meine Stifte ein. Anschließend zupfte ich sorgfältig die pinkfarbenen Flusen von meinem Radiergummi.

Wie lange würde Eric wohl auf mich warten? Würde er irgendwann aufgeben und zum Mittagessen gehen? Oder würde er so lange vor der Tür lauern, bis ich kam?

„Al?", ertönte plötzlich Miss Scotts Stimme. „Bist du denn gar nicht hungrig?"

Ich schaute mich in der Klasse um. Alle anderen Kids waren schon gegangen. „Nicht besonders", antwortete ich. „Wissen Sie, wo der Schwamm ist? Ich möchte meinen Tisch abwischen. Er ist schmutzig!"

„Später, Al", sagte Miss Scott energisch. „Du gehst jetzt erst mal zum Mittagessen, auch wenn du keinen Hunger hast. Das ist ein Befehl!"

„Gib schon her!", knurrte Eric, kaum dass ich auf den Flur trat.

„Ich ... ich hab sie nicht gemacht", stammelte ich. „Ich konnte es nicht."

„Das ist die falsche Antwort, Al-vin." Und bevor ich noch ein Wort sagen konnte, hatte Eric sich schon auf mich gestürzt.

Er hielt mich hinten am T-Shirt fest, aber es gelang mir, mich loszureißen. Ohne zu überlegen, rannte ich in Richtung Cafeteria davon. Als ich dort angekommen war, wirbelte ich herum und lief einen anderen Flur entlang.

An seinem Ende schwärmte gerade eine Gruppe von Fünftklässlern die Treppe hinunter. Ich drängelte mich zwischen ihnen hindurch und nahm immer zwei oder drei Stufen auf einmal.

„Hey, schubs mich nicht so!", beschwerte sich einer der Schüler. „Bist du bescheuert?"

Aber ich nahm mir nicht die Zeit, ihm zu antworten.

Als ich unten angekommen war, warf ich einen hastigen Blick über die Schulter. Nun war Eric in der Gruppe eingekeilt und bahnte sich mit den Ellbogen seinen Weg.

„Ich krieg dich, Sterner!", rief er mir hinterher.

Keuchend raste ich durch die Schule, bis ich die Ausgangstür erreichte. Und bevor mich irgendjemand stoppen konnte, stürmte ich vom Schulgelände.

Ich hörte nicht auf zu rennen, bis ich zu Hause angekommen war. Mom und Dad waren zum Glück beide auf der Arbeit und Michelle noch in der Schule.

„Was soll ich denn jetzt tun?", fragte ich mich verzweifelt. „Ich muss mir unbedingt etwas einfallen lassen."

Aber genau das konnte ich nicht. Ich war ja nicht mal mehr in der Lage, eine einfache Matheaufgabe zu rechnen. Wie sollte ich da meine Schwierigkeiten mit Eric in den Griff kriegen? Und wie das noch viel größere Problem mit dem Glibber lösen?

Es war aussichtslos.

Ich war einfach zu dumm dazu.

Und ich wurde mit jeder Sekunde dümmer.

KAPITEL 11

„**Aufwachen, Al!**", rief mein Dad am nächsten Morgen. „Heute findet der große Wissenswettbewerb statt!"

Aber ich wollte nicht aufwachen. Ich wollte auch nicht zur Schule gehen. Und ich wollte erst recht nicht an diesem Wettbewerb teilnehmen.

Stöhnend rollte ich mich auf den Bauch und vergrub meinen Kopf unter dem Kissen.

Ich hörte, wie mein Vater meine Zimmertür öffnete. „Beweg dich, Al! Weißt du eigentlich, wie spät es ist?"

Langsam öffnete ich die Augen und warf einen Blick auf den Wecker. Der kleine Zeiger stand auf der Sieben und der große auf der Zwei.

Aber was bedeutete das?

Offenbar konnte ich die Uhr nicht mehr lesen.

Erschrocken fuhr ich hoch, rieb mir die Augen und starrte das Zifferblatt an. Das durfte doch nicht wahr sein! Wie konnte ich etwas vergessen, das ich schon im Kindergarten gelernt hatte? Ich war offenbar dümmer denn je!

Dad kam zu mir herüber und setzte sich auf die Bettkante. „Beeil dich, Al. Wenn du heute Nachmittag beim Wissenswettbewerb glänzen willst, solltest du in Bestform sein!"

„Aber, Dad. Mir ist überhaupt nicht danach ..."

Doch er hörte mir gar nicht zu. „Auf jeden Fall brauchst du ein kräftiges Frühstück. Das ist sehr wichtig. Und bevor der Wettbewerb beginnt, solltest du dich ein paar Minuten zurückziehen, um dich geistig darauf vorzubereiten", wies mich Dad an.

„Mmm-hmm", machte ich nur.

„Ich bin sicher, dass du deine Sache großartig machen wirst. Genau wie deine Schwester." Dad klopfte mir aufmunternd auf die Schulter und verließ das Zimmer.

Ich fand, dass ich meine Sache bereits großartig gemacht hatte, nachdem ich mich tatsächlich ohne Zwischenfälle angezogen, meine Zähne geputzt und mich gekämmt hatte. Aber ich wusste, dass das bei weitem nicht ausreichen würde, um Dad zufrieden zu stellen.

Mit hängenden Schultern schlurfte ich in die Küche und ließ mich auf meinen Stuhl fallen.

Michelle warf mir ihr fieses Grinsen zu. „Na, bereit für den großen Tag?", flötete sie.

Ich knurrte nur. Was hätte ich auch sagen sollen?

Meine Mutter stellte mir einen Teller Rührei mit Speck vor die Nase. „Eiweiß ist gut fürs Gehirn", meinte sie.

Aber ich wusste, dass ich etwas ganz anderes

brauchte, um den Wissenswettbewerb hinter mich zu bringen, ohne dass die ganze Schule sich über mich totlachte. Was ich brauchte, war ein Wunder!

„Wie wär's, wenn ich dich noch ein bisschen abfrage?", schlug Michelle vor und griff auch schon nach dem Buch *Knifflige Fragen aus Wissenschaft und Technik*.

„Macht's dir vielleicht was aus, wenn ich erst esse?", knurrte ich sie an.

„Ich will dir doch nur helfen, mehr Selbstvertrauen aufzubauen", schmollte Michelle. „So habe ich nämlich alle Wissenswettbewerbe gewonnen, an denen ich teilgenommen habe."

Dann blätterte sie das Buch durch. „Fangen wir mit einer einfachen Frage aus dem Bereich der Astronomie an: *Worin bestand Galileis weltbewegende Entdeckung?*"

Ich hatte nicht den blassesten Schimmer.

Schnell schob ich mir eine große Gabel voll Rührei in den Mund und hoffte, dass mir die Antwort einfallen würde, bevor ich es heruntergeschluckt hatte.

Leider war das nicht der Fall.

„Na, komm schon, Al!", drängte Dad. „Nun gib ihr doch endlich die Antwort!"

„Ich habe Hunger", protestierte ich. „Ich mag jetzt nicht abgefragt werden."

„Dabei will ich ihm doch bloß helfen", nörgelte Michelle.

Mom fuhr mir zärtlich durchs Haar. Ich hasse das, weil ich mir dann wie ein Kleinkind vorkomme. „Al ist wahrscheinlich nervös. Schließlich ist es sein erster Wissenswettbewerb."

Verlegen schmierte ich mir Marmelade auf einen Toast und biss kräftig ab. „Denk nach", befahl ich mir beim Kauen. „Denk nach. Denk nach. Denk nach." Was war das bloß für eine Entdeckung, die dieser Galilei gemacht hatte?

„Du weißt es doch, mein Junge", sagte Dad aufmunternd.

Ich versuchte, ihn anzulächeln, aber ich hatte wirklich keine Ahnung, wie die Antwort lautete. Galilei. Galilei. War das nicht der Name eines dieser *Ninja Turtles*?

In meiner Verzweiflung stürzte ich ein ganzes Glas Orangensaft hinunter, aber als ich es absetzte, sah ich, dass Mom, Dad und Michelle mich immer noch erwartungsvoll ansahen. Offenbar warteten sie immer noch auf meine Antwort.

Nach einer Weile schüttelte Michelle verächtlich den Kopf und schob mir das Buch zurück. „Galileis weltbewegende Entdeckung war, dass die Erde sich um die Sonne dreht." Sie sprach jedes Wort langsam und deutlich aus.

Ich tat so, als hätte ich sie nicht gehört, und begann, in dem Buch herzumzublättern, damit meine Familie mich endlich in Ruhe ließ. Aber ich konnte auf jeder Seite nur noch wenige Wörter verstehen.

„Du willst doch sicher, dass Mom und Dad stolz auf dich sind, nicht wahr?", fragte Michelle. Sie gab wirklich niemals auf. „Und denk an Mr Gosling. Den willst du doch bestimmt auch nicht enttäuschen, oder?"

Mr Gosling ist mein Lieblingslehrer. Er unterrichtet Bio. Ich spürte, wie es in meinem Kopf zu hämmern begann. Michelles Worte hatten mich an etwas erinnert. An etwas Wichtiges. Aber was war es nur?

Es musste irgendwas mit Mr Gosling zu tun haben. Also, was wusste ich über ihn? Nicht viel. Nur dass er ziemlich intelligent war.

Das war's! *Er* war intelligent. *Er* wurde nicht von Tag zu Tag dümmer. Vielleicht konnte er mir helfen, wenn ich ihm diesen seltsamen Glibber zeigte.

So schnell ich konnte, schlang ich den Rest meines Frühstücks hinunter. Meinen Teller und das Glas stellte ich in den Geschirrspüler, aber den Löffel steckte ich in die Tasche.

Da fiel mein Blick auf eine leere Essensbox, die auf dem Küchentresen stand. Perfekt! Als niemand hinsah, schnappte ich mir die Plastikdose und ließ sie unter meinem Pullover verschwinden.

„Ich bin gleich zurück", rief ich über die Schulter. „Ich hab was im Keller vergessen."

Die Kühlbox stand noch unter dem Tisch – genau dort, wo ich sie hingeschoben hatte. Vorsichtig öffnete ich den Deckel einen winzigen Spalt, damit mir das Teufelszeug nicht wieder ins Gesicht spritzte. Ich konnte es mir nicht leisten, noch dümmer zu werden.

Ich warf eine schnellen Blick in die Box. Hey! Das Zeug war ja ein ganzes Stück gewachsen! Und es hatte noch mehr Adern bekommen. Einen Haufen pulsierender Adern.

Mein Herz klopfte heftig, als ich auf den Ekel erregenden Klumpen starrte.

Vorsichtig näherte ich mich mit dem Löffel der schleimigen Masse, aber der Glibber wich zurück, bevor ich ihn überhaupt berührt hatte.

Erschrocken knallte ich den Deckel zu und sprang ein Stück zurück.

Das Zeug war nicht nur Ekel erregend, es war auch unheimlich. Total unheimlich!

Meine Hände zitterten, als ich mich langsam wieder Richtung Kühlbox bewegte. „Denk nicht lange darüber nach", befahl ich mir. „Versuch einfach, ein wenig von der Masse auf den Löffel zu kriegen."

Wieder hob ich den Deckel, schob den Löffel tief in den zuckenden Schleim und ließ einen Klumpen davon in die Plastikdose fallen.

Dann knallte ich die Box zu und überprüfte sicherheitshalber, ob sie auch wirklich fest verschlossen war. Anschließend schmuggelte ich den ekligen Glibber nach oben und steckte die Dose unauffällig in meinen Rucksack. „Wünscht mir Glück", sagte ich, während ich mir die Träger über die Schultern schwang.

„Viel Glück!", erwiderte Michelle lachend. „Du wirst es brauchen!"

Meine Mutter umarmte mich und reichte mir dann die Essensbox mit meinem Sandwich. Dad schüttelte mir kräftig die Hand. „Wir werden im Publikum sitzen und dich anfeuern, mein Junge!", versprach er.

Ich nickte betreten. Auf dem Weg zur Schule versuchte ich, nicht an meine Eltern zu denken – und an ihre entsetzten Gesichter, wenn ich im Wissenswettbewerb eine falsche Antwort nach der anderen geben würde.

Alix und Colin warteten bereits an der Schultreppe auf mich. „Na, bist du bereit für den großen Tag, Al?", fragte Alix.

„Ich hab auf alle Fälle gelernt", versicherte ich ihr. Das stimmte ja auch. Und es war immer noch besser, als ihr zu erzählen, dass sie jetzt einen Idioten zum Teampartner hatte.

„Ich setze auf euch beide!", sagte Colin, als wir zu unserem Klassenraum gingen.

Eric war schon da, und er sah nicht besonders glücklich aus.

Vorsichtig schob ich meinen Rucksack unter den Stuhl und tat so, als würde ich Eric gar nicht bemerken.

„Ich hab wegen meiner fehlenden Mathehausaufgaben Riesenärger bekommen", zischte er mir zu. „Weißt du, was das heißt?"

Ich zuckte nur mit den Achseln.

Eric pikste mich in den Rücken. „Das heißt, dass ich wieder nachsitzen muss. Und weißt du, was das bedeutet?"

Ich schüttelte den Kopf. Warum stellte er mir bloß so viele Fragen?

Er pikste mich nochmals. „Das bedeutet, dass ich schon wieder nicht zum Baseballtraining gehen kann. Niemand sorgt dafür, dass ich mein Training verpasse, und kommt damit so einfach davon, Sterner! Niemand."

„Ich konnte die Aufgaben nicht lösen, okay?", platzte ich heraus. „Sie waren zu schwer."

„Glaubst du, das nehme ich dir ab?", schnaubte Eric wütend. „Ich krieg dich schon noch, Superhirn! Darauf kannst du dich verlassen ..."

Bestimmt hätte er noch eine Weile so weitergemacht, wenn nicht Miss Scott die Klasse betreten hätte. An meinem Tisch blieb sie kurz stehen.
„Fühlst du dich heute besser, Al?"
Huch? Warum fragte sie mich das? Schließlich wusste sie nichts von dem unheimlichen Glibber. Oder etwa doch?
„Du bist gestern früher nach Hause gegangen", erinnerte sie mich, als ich nicht antwortete. „Ich hoffe, du fühlst dich fit genug, um heute Nachmittag am Wissenswettbewerb teilzunehmen."
„Ich würde eher sagen, ich bin gestern früher nach Hause *gerannt*", dachte ich im Stillen. Aber laut sagte ich: „Danke, mir geht's gut."
Miss Scott lief nach vorne zum Lehrertisch.
„Warte bis zur Mittagspause – dann geht's dir bestimmt nicht mehr gut", flüsterte mir Eric zu. „Wenn ich dich erwische, bist du geliefert!"
Ich versuchte gar nicht erst, Miss Scotts Gemeinschaftskundeunterricht zu folgen. Oder der Grammatik-Doppelstunde danach. Ich hielt den Blick starr auf mein Pult gerichtet und hoffte, dass sie mich nicht drannehmen würde.
Eric ließ mich keine Sekunde vergessen, was er nachher mit mir vorhatte. Erst tat er so, als wäre sein Füller zufällig neben meinem Pult auf den Boden gefallen. Und als er sich danach bückte, zischte er mir zu: „Gleich bist du dran!" Dann

warf er einen winzigen Zettel über meine Schulter, auf dem stand: *Ich mach Hackfleisch aus dir!*

Der Morgen schlich nur so dahin. Aber schließlich war es beinahe Mittagszeit.

Wenigstens nahm ich das an. Der große und der kleine Zeiger meiner Uhr standen nämlich senkrecht und genau übereinander.

„Wer kann mir sagen, wie das Objekt in diesem Satz heißt?" Miss Scott zeigte auf die Tafel.

„Schau bloß nicht hin", ermahnte ich mich. „Beweg keinen Muskel."

„Al?", rief mich Miss Scott auf.

Ich brachte nicht einen Ton hervor.

„Al?", sagte sie noch einmal. „Wie heißt das Objekt?"

Eric kicherte voller Schadenfreude.

Ich spürte, wie meine Hände schweißnass wurden.

In diesem Moment knisterte der Lautsprecher an der Decke. „Die Teilnehmer des heutigen Wissenswettbewerbs werden gebeten, sich in der Bibliothek zu versammeln", sagte die Stimme der Schulsekretärin. „Mr Emerson möchte vor dem Mittagessen noch ein kurzes Treffen mit euch abhalten."

Gerettet! Wenigstens fürs Erste. Eilig schnappte ich mir meinen Rucksack und stürmte gemeinsam mit Alix und Toad aus der Klasse.

Im Flur stießen wir auf die anderen Teilnehmer
– Melanie, Tanya und Geoff.

Mr Emerson hielt uns nicht lange in der Bibliothek auf. Er ging noch einmal die Regeln durch und versicherte uns, wir seien schon allein deswegen Gewinner, weil wir bei dem Wettbewerb mitmachten.

„Erzählen Sie das mal meinen Eltern", dachte ich ironisch. „Oder Michelle."

Anschließend marschierten wir zu sechst in die Cafeteria. „Lasst uns doch an einem Tisch sitzen", schlug Alix vor. Normalerweise aßen wir nicht zusammen, aber heute schien es allen recht zu sein.

Mir ganz besonders. Nicht mal Eric würde es wagen, mich vor den Augen der anderen anzugreifen. Wenigstens hoffte ich das.

„Ich bin viel zu nervös zum Essen", seufzte Tanya, als sie sich neben mich setzte.

„*Sie* hat doch nun wirklich keinen Grund, aufgeregt zu sein", dachte ich. „*Ihr* Gehirn hat sich schließlich nicht in Gelee verwandelt."

„Ich fühle mich super", verkündete Alix. „Al und ich, wir sind bestens vorbereitet. Nehmt euch in Acht vor uns, Leute!"

Arme Alix. Es war wirklich nicht fair, dass sie ausgerechnet mich als Partner erwischt hatte.

Ganz in Gedanken zog ich meine Essensbox aus dem Rucksack und öffnete sie.

„Ihr beiden werdet auf keinen Fall gewinnen!", erklärte Geoff großspurig. „Toad und ich haben einen dreitägigen Lernmarathon hinter uns. Freitag, Samstag, Sonntag. Er hat bei mir geschlafen, und wir haben uns die ganze Zeit gegenseitig abgefragt."

„Was ist denn das?", fragte mich Toad.

„Was denn?", erwiderte ich. Als ich seinem Blick folgte, schnappte ich entsetzt nach Luft. Ich hatte den falschen Plastikbehälter geöffnet. Es war nicht die Dose mit meinem Sandwich, sondern die mit dem giftgrünen Glibberzeug.

Der kleine Löffel voll, den ich heute Morgen hineingetan hatte, war inzwischen gewachsen und füllte jetzt jeden Zentimeter der Box aus.

„Zeig doch mal!", drängte Alix.

„Nein!", schrie ich. „Nein", wiederholte ich dann etwas leiser. „Ich meine, das ist nichts zu essen. Es ist ... es ist ... nichts."

„Das sieht aber gar nicht aus wie nichts", witzelte Alix.

Ich knallte den Deckel zu und wollte den Behälter wieder in meinen Rucksack stecken. Aber Alix war schneller.

Sie griff quer über den Tisch und riss mir die Box aus der Hand. Und bevor ich reagieren konnte, hatte sie schon den Deckel aufgeklappt und griff hinein.

KAPITEL 12

„**NEIIIN!**", kreischte ich. „Lass das!"

„Hey, ich bin doch deine Partnerin!", rief Alix. „Du musst alles mit mir teilen. Ich liebe dieses *Slimy*-Zeug. Meine Schwester hat was davon zu Weihnachten bekommen."

Ich versuchte, ihr die Box aus der Hand zu winden, aber sie hielt sie über ihren Kopf. „Lass mich ein bisschen damit spielen, Al. Bitte!"

Sie griff sich eine Hand voll von der neongrünen Masse.

„Ich will auch 'ne Ladung!" Geoff schnappte Alix den Behälter weg und schaufelte sich etwas von dem Glibber heraus.

„Gebt es mir zurück, Leute!", flehte ich sie an. „Bitte, gebt es mir zurück!" Aber keiner achtete auf mich.

„Hey, und was ist mit dem Grünen Team? Melanie und ich wollen auch was davon haben!", rief Tanya empört.

Geoff warf die Box zu ihr hinüber. Sie griff mit beiden Händen hinein und formte einen Ball aus der elastischen Masse.

„Tanya! Tu das nicht!", brüllte ich sie an. „Du weißt doch gar nicht, was das für ein Zeug ist!"

„Natürlich wissen wir das", verkündete Melanie

und bediente sich ebenfalls. „Möchtest du auch etwas davon, Toad?"

„Na klar!", sagte der begeistert.

„Bitte! Bitte! Bitte! Gebt es mir zurück!", jammerte ich.

„Kein Problem", erwiderte Geoff und warf einen Klumpen nach mir. Aber er verpasste mich und traf Tanya mitten auf die Stirn.

Daraufhin tauchte sie einen Plastiklöffel in die zähe Masse, bog ihn zurück und ließ los. Sie hatte auf Geoff gezielt. *Platsch!* Ein perfekter Treffer.

„Dieses Zeug ist echt cool!", rief Tanya. „Und mir gefällt die verrückte Farbe. So was habe ich noch nie vorher gesehen. Ich wette, es leuchtet im Dunkeln."

Toad tat so, als würde ihm beim Niesen giftgrüner Rotz aus der Nase laufen.

„Iiih, wie eklig!", quietschte Alix.

„Nein, *das* ist eklig", verkündete Toad und rieb etwas von dem Schleim in Geoffs Haar.

Melanie fand das wahnsinnig komisch. Vor lauter Lachen konnte sie kaum noch sprechen. Daraufhin schleuderten alle etwas von dem Glibber auf Melanie – alle bis auf mich natürlich.

Fassungslos blickte ich mich am Tisch um. Inzwischen kämpfte jeder gegen jeden.

Zähe Klumpen des neonfarbenen Glibbers rannen meinen Mitschülern von der Stirn und von den Wangen, hatten sich in ihren Haaren verfangen und klebten an ihren Händen.

Es war hoffnungslos. Völlig hoffnungslos. Ich konnte es nicht mehr verhindern.

Jetzt würden sie alle so dumm werden wie ich!

KAPITEL 13

„**Warum reden** die anderen denn nicht mehr mit mir?", fragte ich Alix.

„Weil du ihnen nichts von dem Schleimzeug abgeben wolltest. Nächstes Mal solltest du nicht so egoistisch sein", klärte mich Alix auf, als wir gemeinsam in die Aula gingen, in der der Wettbewerb stattfand. „Dann ist auch niemand sauer auf dich. Das ist doch so logisch wie zwei plus zwei gleich ..."

Ich blieb stehen und schaute sie an. „Gleich was, Alix?", fragte ich gespannt.

Ich wusste die Antwort noch, aber kannte Alix sie auch? Was hatte der Glibber schon bei ihr angerichtet?

„Zwei plus zwei", murmelte sie und runzelte nachdenklich die Stirn. „Zwei plus zwei ..."

„Du schaffst das, Alix", feuerte ich sie im Stillen an. „Na, komm schon! Zwei plus zwei gibt 22. Das weißt du doch!"

„Also, wie heißt die Lösung?", wiederholte ich.

Alix kicherte. „Ich kann mich nicht erinnern. Wahrscheinlich bin ich doch ein bisschen nervös wegen des Wettbewerbs." Sie lächelte mich an. „Mach dir keine Sorgen, Partner", sagte sie beruhigend. „Bis es losgeht, bin ich wieder okay."

Aber ich kannte die Wahrheit. Der unheimliche Schleim hatte schon angefangen, ihr Gehirn aufzuweichen.

Direkt vor den Türen des Zuschauerraums erblickte ich meine Eltern.

„Wir wollten dir noch mal viel Glück wünschen, bevor es losgeht, mein Schatz!", rief Mom mir zu.

Ich versuchte zu lächeln, während wir auf sie zugingen, aber ich hatte schon genug damit zu tun, mich aufs Atmen zu konzentrieren.

„Alles Gute, mein Sohn", sagte Dad.

„Danke, Dad. Nett von dir."

Ich warf einen kurzen Blick in die Aula. Beinahe jeder Platz war besetzt. Mein Mund wurde plötzlich ganz trocken.

„Lass uns reingehen", drängte Alix. „Es geht gleich los."

„Ich weiß, dass du uns nicht enttäuschen wirst", versicherte mir Mom.

Nachdem ich meinen Eltern noch einmal zugewinkt hatte, folgte ich Alix in den Zuschauerraum. Toad grinste mich an, als wir auf die Bühne kletterten. „Ihr werdet verlieren", flüsterte er uns zu. Geoff sah allerdings ein bisschen nervös aus.

Alix und ich setzten uns an den letzten leeren Tisch. Ich warf einen Blick hinüber zu Melanie und Tanya. Die beiden schienen überhaupt nicht aufgeregt zu sein.

Melanie produzierte gerade eine riesige, pinkfarbene Kaugummiblase, und Tanya sah fasziniert zu, wie sie größer und größer wurde.

Mr Emerson betrat genau in dem Moment die Bühne, als die Blase platzte. Erstaunt sah er Melanie an, die sofort die Kaugummireste aus ihrem Gesicht entfernte.

„Willkommen zur ersten Runde des diesjährigen Wissenswettbewerbs!", begann Mr Emerson. „Ich begrüße Sie alle ganz herzlich: die Schüler, das Lehrerkollegium und natürlich die Familien und Freunde im Publikum. Außerdem möchte ich den Teilnehmern schon im Voraus gratulieren. Egal, was heute passiert, ihr seid alle Sieger!"

Ich zweifelte daran, dass Mr Emerson noch immer dieser Meinung sein würde, wenn der Wettbewerb vorbei war. Meine Familie jedenfalls sicher nicht.

„Dann wollen wir jetzt anfangen", sagte Mr Emerson. „Denkt daran – wenn ein Team eine Frage nicht beantworten kann, dürfen es die anderen versuchen. Viel Glück euch allen!"

Er setzte ein breites Lächeln auf und zog einen Stapel Karteikarten aus der Tasche. „Wir beginnen mit dem Blauen Team", kündigte er an.

Puh! Wenigstens hatten wir nicht gleich die erste Frage bekommen.

„Heutzutage wird viel über Genetik gesprochen", begann Mr Emerson. "Wofür stehen dabei die Buchstaben DNS?"

Geoff starrte Toad an. Toad starrte Geoff an.

"Na, na, nicht gleich alle auf einmal", sagte Mr Emerson lachend.

Wie dumm waren die beiden inzwischen schon? Würde einer von ihnen in der Lage sein, die richtige Antwort zu geben?

"DNS?", wiederholte Toad. "Ich glaube, die nimmst du wohl besser, Geoff."

"Nein", flüsterte Geoff ihm zu. "Das könnte dir so passen. Du gibst doch immer damit an, wie schlau du bist. Jetzt kannst du es beweisen!"

Toad schüttelte den Kopf. "Es wäre nicht fair, wenn ich alle Fragen allein beantworten würde."

Widerstrebend stand Geoff auf. "DNS", nuschelte er. "Das ist aber eine schwere Frage."

"Ich gebe dir einen Tipp", meinte Mr Emerson. "Es hat etwas mit Chromosomen zu tun."

Geoff starrte auf den Boden. "Dieses Wort kommt mir irgendwie bekannt vor." Er seufzte. "Ich muss *irgendwo* schon mal was von Chromosomen gehört haben."

Warum hatte ich den Glibber bloß mit in die Schule gebracht? Geoffs Gehirn hatte sich offenbar in Wackelpudding verwandelt, und ich war schuld daran!

"Ich kann mich nicht erinnern", gab Geoff zu.

Mr Emerson wandte sich an Melanie und Tanya. „Möchte vielleicht jemand aus dem Grünen Team einen Versuch wagen?", erkundigte er sich.

Vielleicht hatte ja eine der beiden noch genug Intelligenz übrig, um die richtige Antwort zu finden. Bei mir war das eindeutig nicht der Fall.

Melanie zupfte sich ein Stück Kaugummi von der Nase und steckte es in den Mund. „Nö, ich glaube nicht", antwortete sie.

In diesem Moment bemerkte ich meine Eltern, die in der ersten Reihe saßen. Dad hielt beide Daumen hoch. Mit Schrecken wurde mir klar, dass er annahm, Alix und ich würden das Rennen machen – jetzt, wo unsere Gegner ausgeschieden waren.

„Und das Rote Team?", fragte Mr Emerson. Er klang langsam ein wenig besorgt.

Ich warf einen Blick zu Alix. Sie murmelte die ganze Zeit „DNS" vor sich hin und wackelte dabei mit dem Kopf hin und her.

„Wir wissen es auch nicht", teilte ich Mr Emerson mit.

Irgendjemand in der Menge lachte. Ich nahm an, dass es Eric war, schaute aber nicht hin. Am liebsten hätte ich überhaupt niemanden im Publikum wahrgenommen – am allerwenigsten meinen Dad. Jetzt würde er mir wahrscheinlich keine aufmunternden Zeichen mehr machen.

„Nun gut, vielleicht sollten wir zu einem anderen Gebiet der Wissenschaft übergehen", sagte Mr Emerson steif und zog die nächste Karte aus seinem Stapel. „Diese Frage ist für das Rote Team", verkündete er. „Wie lautet die Definition von *Ökologie*?"

„Ich weiß es!", rief Alix und sprang auf.

Vielleicht hatte der Glibber sie ja doch nicht so schlimm erwischt, wie ich befürchtet hatte.

„Wunderbar, Alix!" Mr Emerson lächelte erleichtert. „Dann sag uns doch bitte mal, was Ökologie ist."

Das triumphierende Lächeln auf Alix' Gesicht erlosch plötzlich und verwandelte sich in ein angestrengtes Stirnrunzeln.

„Alix?", sagte Mr Emerson auffordernd.

„Eben wusste ich es noch", stieß sie hervor und knabberte an ihrer Unterlippe.

Ich hörte ganz deutlich, wie einige Leute im Publikum miteinander flüsterten. Und ein paar Schüler kicherten unterdrückt.

Alix ballte ihre Hände zu Fäusten. „Ich hatte die Antwort fast. Glauben Sie mir!"

„Ihr seid ja noch öfter dran, Alix", meinte Mr Emerson tröstend. „Dieser Wettbewerb kann ganz schön stressig sein, nicht wahr? Okay, möchte jetzt vielleicht das Blaue Team etwas dazu sagen?"

Geoff zeigte auf Toad.

„Wie war noch mal die Frage?", erkundigte sich der.

Mr Emerson seufzte. „Was bedeutet *Ökologie*?", wiederholte er.

Toad straffte die Schultern und stand mit hoch erhobenem Kopf auf. „Die Ökologie beschäftigt sich damit, wie viel die Leute verdienen und wofür sie das Geld wieder ausgeben", verkündete er mit lauter Stimme.

„Das ist falsch", sagte Mr Emerson.

„Sind Sie da ganz sicher?" Toad blickte ihn mit zusammengekniffenen Augen an.

„Wie bitte?", fragte Mr Emerson ungläubig.

„Überprüfen Sie das lieber noch mal!", beharrte Toad. „Mein Vater ist nämlich Ökologe – deswegen weiß ich, dass ich Recht habe."

„Ich bin Ökonom, Toad. Öko-*nom*!", rief ein Mann aus den hinteren Reihen des Zuschauerraums.

„Aber Dad – ich dachte ...", begann Toad.

„Setz dich jetzt bitte hin! Deine Antwort war eindeutig verkehrt", unterbrach ihn Mr Emerson gereizt. Dann wandte er sich an Tanya und Melanie. „Na, ihr beiden? Wollt ihr es jetzt mal versuchen?"

Melanie zwirbelte nervös ein Armband mit Glücksbringern um ihr Handgelenk. „Ist Ökologie nicht der Name des Bären auf diesem Plakat, auf dem steht: *Auch du kannst Waldbrände verhindern?"*

„Nein, mit dieser Antwort liegst du völlig daneben", stieß Mr Emerson mühsam beherrscht hervor. Ich konnte sehen, dass nun feine Schweißtröpfchen auf seiner Stirn glitzerten.

„Die nächste Frage. Für das Grüne Team. In welchem Jahr wurde Louis Pasteur geboren?"

„Wer?", fragte Tanya.

„Hä?", machte Melanie.

„Und das Rote Team?" Mr Emerson zog ein Taschentuch hervor und wischte sich die Stirn ab, während er auf eine Antwort von Alix und mir wartete.

Alix schüttelte den Kopf und fuhr sich mit dem Handrücken über die Augen.

Ich spürte, wie sich mein Magen zusammenkrampfte. Sie weinte doch nicht etwa? Das tat Alix sonst nie.

„Ich bin eine furchtbare Enttäuschung für alle, nicht wahr?", rief sie plötzlich aus. „Warum habe ich bloß an diesem Wissenswettbewerb teilgenommen? Ich bin doch gar nicht intelligent genug."

„Das ist Geoff auch nicht", unterbrach Toad sie. „Immerhin hat er die DNS-Frage für unser Team nicht beantwortet."

„Du wusstest die Antwort doch auch nicht!", brüllte Geoff erbost.
„Wusste ich wohl!", widersprach Toad.
„Wusstest du nicht!", beharrte Geoff. „Und dann dachtest du auch noch, dein Vater sei Ökologe!"
„Er ist Ökologe!", verteidigte sich Toad.
„Ist er nicht!", knurrte Geoff.
„Jetzt reicht's aber!", zischte Mr Emerson den beiden zu.
„Ist er doch!", hörte ich Toad flüstern.
Melanie und Tanya achteten inzwischen überhaupt nicht mehr auf das, was um sie herum geschah. Melanie versuchte gerade, eine noch größere Kaugummiblase zu produzieren, und Tanya hatte angefangen, sich das Haar zu flechten.
„Ich weiß nicht mal mehr, wie viel zwei plus zwei ist!", schluchzte Alix auf. „Irgendetwas stimmt nicht mit mir. Es tut mir so Leid, dass ich dich im Stich gelassen habe, Al!" Und damit stürmte sie von der Bühne.
Hastig sprang ich auf und wollte ihr hinterherrennen. „Warte, Alix!", rief ich. „Du kannst doch gar nichts dafür. Ich bin schuld ..."
Mr Emerson griff nach meinem Arm und hielt mich zurück. „Eine der Lehrerinnen wird sich um Alix kümmern", sagte er streng. „Setz dich hin!"
Das tat ich.

„Versuchen wir es mit einer anderen Frage", fuhr Mr Emerson mit leicht zitternder Stimme fort. „Diese ist für das Blaue Team. Wer hat entdeckt, dass die Erde sich um die Sonne dreht?"
Die Sonne. Das erinnerte mich an etwas. Das Frühstück – und Michelle, die mich abfragte.
„Toad? Geoff? Weiß einer von euch beiden die Antwort?"
„Ich will nicht länger in diesem Team mitmachen", platzte Geoff heraus.
„Und ich will dich nicht mehr in meinem Team haben!", fauchte Toad zurück.
„Stopp!", rief Mr Emerson und schloss für einige Sekunden die Augen. „Hört sofort auf damit", befahl er dann etwas ruhiger. „Möchte vielleicht das Grüne Team antworten?"
Melanie hob die Hand.
„Ja, Melanie!" Mr Emerson klang überglücklich.
„Könnte ich vielleicht noch einen Kaugummi kriegen? Ich hab meinen nämlich verschluckt, und beim Kauen kann ich besser nachdenken", sagte Melanie.
Das Publikum brüllte vor Lachen. Ich konnte es kaum noch erwarten, endlich von der Bühne zu kommen. Wenn dieser schreckliche Wettbewerb doch bloß schon zu Ende wäre!
„Nein, du kannst jetzt keinen Kaugummi bekommen", sagte Mr Emerson mit genervter Stim-

me. Mir fiel auf, dass ein kleiner Muskel neben seinem linken Auge angefangen hatte, nervös zu zucken.

„Dann kann ich die Frage auch nicht beantworten", erwiderte Melanie.

„Tanya?", meinte Mr Emerson auffordernd.

Tanya hob erschrocken den Kopf. „W-w-was?"

Verzweifelt schüttelte Mr Emerson den Kopf. „Kann mir denn wirklich *keiner* sagen, wer entdeckt hat, dass die Erde um die Sonne rotiert?"

Ich warf einen Blick ins Publikum. Meine Eltern nickten mir zu und lächelten mich auffordernd an.

Moment. Moment. Das musste ich doch wissen.

Mit aller Kraft presste ich beide Hände gegen den Kopf. Vielleicht würde die Antwort aus meinem Mund geflutscht kommen, wenn ich fest genug drückte.

Hatte es nicht etwas mit meinem Dad zu tun gehabt? Nein, es war irgendwas mit einem *Ninja Turtle* gewesen.

„Galilei!", rief ich triumphierend aus!

Ein erleichtertes Lächeln breitete sich auf Mr Emersons Gesicht aus. Das Publikum begann zu applaudieren. Meine Mom und mein Dad klatschten am lautesten von allen.

Ich hatte den ersten Punkt im Wissenswettbewerb gemacht!

KAPITEL 14

Leider war es auch der letzte Punkt, den irgendjemand in diesem Wettbewerb machte.

Mr Emerson stellte drei weitere Fragen – aber keiner von uns versuchte auch nur, sie zu beantworten.

Geoff und Toad stritten sich lautstark darüber, wer von ihnen beiden dümmer war, und Melanie redete nur noch über Kaugummi. Tanya sagte gar nichts und probierte weiter neue Frisuren aus.

Schließlich warf Mr Emerson wütend seine Fragenkärtchen auf den Boden und schrie: „Ich weiß wirklich nicht, was mit euch los ist! Bis jetzt hatten wir immer nur hervorragende Leistungen im Wissenswettbewerb. Ihr seid doch alle helle Köpfe! Was soll denn dieser alberne Streich? Habt ihr denn gar nichts gelernt?"

„Also, ich habe wie verrückt gepaukt", protestierte Toad. „Jeden Abend. Vor dem Mittagessen wusste ich auch noch alles!"

Mr Emerson hörte ihm gar nicht zu. Ich hatte ihn noch nie so wütend erlebt. „Der Wettbewerb ist hiermit beendet", verkündete er. „Und diese Schule wird auch keinen weiteren veranstalten, bis die Schüler mich davon überzeugen können, dass sie reif genug sind, um teilzunehmen."

Die meisten Zuschauer verließen daraufhin wortlos und hastig den Raum. Aber Mom und Dad warteten vor der Bühne auf mich.

Langsam ging ich die Stufen hinunter und folgte ihnen aus dem Schulgebäude. Ich wusste nicht, was ich sagen sollte.

Keiner von uns sprach, bis wir nur noch einen Block von zu Hause entfernt waren. Dann durchbrach mein Vater die Stille. „Ich verstehe einfach nicht, was heute mit dir los war, Al. Du bist doch nicht dumm."

„Galilei habe ich doch gewusst", murmelte ich. „Und ich habe mehr Punkte gemacht als alle anderen."

„Du hättest in der Lage sein müssen, *jede* Frage zu beantworten", erwiderte Dad streng.

„Ich bin auch enttäuscht von Als schwacher Vorstellung", schaltete sich meine Mutter ein. „Aber immerhin war es für alle Teilnehmer der erste Wissenswettbewerb. Sie waren bestimmt schrecklich nervös."

„Michelle hat bei ihrem ersten Wettbwerb eine brillante Leistung gezeigt", wehrte mein Vater ab. „Ein bisschen Nervosität gehört einfach dazu. Sie kann sogar beflügelnd wirken, solange man seinen Stoff beherrscht. Das war bei Al offensichtlich nicht der Fall."

Wir bogen in unsere Einfahrt ein. „Dein Vater

und ich müssen jetzt wieder zur Arbeit", sagte Mom. "Du gehst in dein Zimmer und denkst darüber nach, was heute Nachmittag passiert ist. Wir werden am Abend noch mal darüber reden."

"So etwas darf nie wieder vorkommen", fügte Dad hinzu. "Mit solchen Auftritten ruinierst du dir deine Chancen, ein gutes College zu besuchen."

College! Wahrscheinlich würde ich nicht mal die sechste Klasse schaffen, nach dem, was dieses Teufelszeug meinem armen Hirn angetan hatte.

Ich sah zu, wie meine Eltern in ihre Autos stiegen und wegfuhren. Dann ging ich zum Haus. Ich drehte den Türknauf und zog daran. Die Tür öffnete sich nicht.

Noch einmal zerrte ich mit aller Kraft. Nichts geschah.

Dann drehte ich den Knauf und drückte dabei. Sofort flog die Tür auf, und ich stolperte ins Haus.

Das Blut hämmerte in meinen Ohren. Jetzt hatte ich auch noch vergessen, wie man eine Tür öffnet. Was würde als Nächstes kommen?

Ich ging durch den Flur in mein Zimmer und ließ mich aufs Bett plumpsen. Tubby kam hereingeschlichen, sprang hoch und legte sich neben mich.

Plötzlich bemerkte ich eine Zeitschrift auf dem

Nachttisch. Auf dem Cover waren ein Paar Inline-Skates abgebildet. Mühsam versuchte ich, den Namen des Magazins zu entziffern, aber nach dem Buchstaben S gab ich auf und schleuderte das Heft frustriert zu Boden.

Ich ließ mich aufs Bett zurückfallen und starrte die Decke an. Dieser Glibber hatte mein Leben zerstört. Ich konnte nicht mehr lesen. Ich konnte nicht mehr richtig denken. Und ich konnte nicht mal mehr ohne Probleme eine Tür öffnen.

Mr Emerson war wütend auf mich. Mein Biolehrer, Mr Gosling, schämte sich wahrscheinlich furchtbar wegen meiner schwachen Leistung.

Und meine Eltern – meine Eltern hielten mich für einen totalen Versager.

Ich wollte lieber nicht wissen, was Michelle sagen würde, wenn sie hörte, dass ich den Wettbewerb verhauen hatte.

Aber das Schlimmste war, dass fünf andere Kinder mit dem gefährlichen Zeug in Berührung gekommen waren. Auch ihr Leben war ruiniert. Und es war alles meine Schuld!

Ich beschloss, mir lieber nicht vorzustellen, was noch alles passieren würde, bevor der Killerschleim unsere Gehirne völlig zerstörte.

Es war sinnlos, darüber nachzudenken – denn ich hatte nicht die geringste Chance, das Ganze zu stoppen.

KAPITEL 15

Brrrrring.
Ich fuhr vom Bett hoch und lauschte.
Brrrring. Da war es schon wieder.
Ich wusste, ich musste irgendetwas tun, wenn ich diesen Ton hörte. Aber was?
Brrrring. Brrrrring. Brrrring.
Verwirrt trat ich aus meinem Zimmer und folgte dem Lärm bis zur Haustür.
„Al, lass mich rein!"
Es war Colin.
Die Türglocke! Das war also dieses merkwürdige, durchdringende Geräusch gewesen. „Wenn es klingelt, muss man die Tür öffnen", erinnerte ich mich.
Also riss ich die Haustür auf – es klappte im ersten Anlauf! – und ließ Colin herein. Offenbar war er den ganzen Weg von der Schule bis zu uns gerannt.
„Es war der Glibber, nicht wahr?", fragte er keuchend.
Ich nickte. „Die anderen Teilnehmer des Wettbewerbs haben ihn auch angefasst. Und nun werden sie immer dümmer – so wie ich."
„Was willst du denn jetzt machen?", rief Colin aus.

„Weiß ich auch nicht", stöhnte ich. „Ich muss irgendeinen Weg finden, wie wir unsere Gehirne zurückkriegen. Aber ich bin schon zu blöde, um mir etwas einfallen zu lassen."

„Mach dir keine Sorgen. Ich helfe dir", versprach Colin.

Aber was konnte er schon tun? Er war jetzt zwar klüger als ich, aber seine Intelligenz würde wohl kaum ausreichen, um dieses schwierige Problem zu lösen.

„Wir müssen das Zeug irgendwie beseitigen", verkündete Colin.

„Warte", sagte ich. An dieser Idee war etwas faul. Aber was? „Hey! Wenn du den Glibber einfach vernichtest, müssen vielleicht auch unsere Gehirne dran glauben."

„Oh, stimmt", antwortete Colin. Er schloss die Augen und runzelte die Stirn, während er angestrengt nachdachte.

Dann riss er die Augen plötzlich wieder auf und strahlte über das ganze Gesicht. „Ich habe einen Plan. Wir müssen den Schleim ... äh ... wie heißt das noch gleich? Mensch, ich hab's doch im Handbuch gelesen!"

„Mich brauchst du nicht zu fragen", seufzte ich.

„Neutralisieren", platzte Colin heraus. „Genau. Das ist es! Wir müssen diesen widerlichen Schleim *neutralisieren*!"

„Neutralisieren?", wiederholte ich. Das Wort kam mir irgendwie bekannt vor, aber ich hatte nicht den leisesten Schimmer, was es bedeutete.

„Wir müssen nur die richtige Chemikalie finden und sie auf den Glibber schütten. Dadurch verliert er garantiert seine Wirkung", erklärte Colin. „Vielleicht werdet ihr dann wieder ganz normal!"

Sein Vorschlag klang vernünftig. Aber möglicherweise konnte ich das auch gar nicht mehr beurteilen – dumm, wie ich inzwischen war.

„Als Erstes sollten wir uns ein bisschen von dem Zeug holen", sagte Colin, während er die Kellertreppe hinunterrannte. „Daran können wir dann verschiedene Chemikalien ausprobieren, bis wir herausgefunden haben, welche ihn außer Gefecht setzt."

Er ging zur Kühlbox, zog sie unter dem Tisch hervor und griff nach dem Deckel.

„Stopp!", brüllte ich. „Öffne das Ding nur einen winzigen Spalt", warnte ich ihn dann.

„Okay, okay", antwortete Colin und hob den Deckel ein kleines Stück an.

Klopf-klopf. Klopf-klopf.

Was war das? Dieses Geräusch kannte ich doch. Ich hatte es sicher schon tausendmal gehört.

Klopf-klopf. Klopf-klopf.

Ein Herzschlag. Genau! Es war ein Herzschlag. Aber nicht meiner.

Mir brach der kalte Schweiß aus.

Langsam ging ich zu Colin hinüber und stellte mich hinter ihn. Er öffnete den Deckel ein bisschen weiter. Ich warf einen Blick in die Box.

Und da war es – eingebettet in die zitternde, neongrüne Masse. Ein Herz. Größer als meine Faust und durchzogen von einem Gewirr verschlungener Adern.

Das schauerliche Herz schlug regelmäßig. Die dicken Blutgefäße pulsierten dabei in einem stetigen Rhythmus.

„Ein Herz!" Colin schnappte entsetzt nach Luft. „Diesem Ding ist ein Herz gewachsen!"

Bäng!

Ohne Vorwarnung schoss die glitschige Masse in einer gigantischen Welle in die Höhe und knallte gegen den Deckel der Box, der quer durch den ganzen Raum flog.

Colin riss mich zurück, als der zuckende, neongrün leuchtende Glibber mit einem Ekel erregenden, platschenden Geräusch vor uns auf dem Boden landete.

Dort begann er zu wachsen.

Er wuchs so schnell, dass man förmlich zusehen konnte.

„W-w-was ist d-denn das?", stotterte Colin.

„Ich ... ich weiß auch nicht", antwortete ich. „Aber es hört gar nicht wieder auf."

Die widerliche Masse türmte sich jetzt schon mindestens einen Meter hoch auf und bildete einen vibrierenden, giftgrünen Schleimhügel.

Wir wichen entsetzt zurück. Aber der unheimliche Glibber glitt hinter uns her.

„Weiß dieses Zeug etwa, wo wir sind? Kann es uns irgendwie wahrnehmen?", fragte ich mich entsetzt.

Ich machte noch einen Schritt rückwärts und trat dabei auf Chesters Schwanz. Mir war gar nicht aufgefallen, dass der Kater mit uns nach unten gekommen war.

Das arme Vieh kreischte auf und raste an mir vorbei – direkt auf das zitternde, glitschige Etwas zu.

„Nein, Chester!", schrie ich. „Nein!"

Nur wenige Zentimeter vor dem leuchtenden Schleim kam der Kater schlitternd zum Stehen. Erschrocken wirbelte er herum.

Aber er war nicht schnell genug. Der Glibber erhob sich zu einer weiteren Welle, schlug über Chester zusammen und begrub ihn in seinem pulsierenden Innern.

Voller Entsetzen beobachtete ich, wie Chester versuchte, sich wieder herauszukämpfen. Die elastische Masse dehnte und beulte sich überall dort aus, wo der Kater dagegenschlug.

Eine seiner Pfoten hieb mit ausgefahrenen Krallen durch das schleimige Zeug, wurde aber sofort wieder eingesaugt.

Dann gelang es Chester, seinen Kopf freizukriegen. Zappelnd und sich windend, kämpfte er verzweifelt darum, aus der pulsierenden Falle zu entkommen.

Ich stürzte auf den Kater zu, um ihn herauszuziehen.

Aber Colin hielt mich am Arm fest. „Tu's nicht!", rief er. „Du kannst ihm nicht helfen. Der Glibber erwischt dich sonst auch noch!"

Chester stieß ein gequältes Heulen aus, das mir die Haare zu Berge stehen ließ. Ich konnte kaum hinsehen, als sich der triefende Schleim wieder über den Kopf des Katers ergoss und seine Augen, seine Nase und zuletzt seine Schnauze bedeckte.

Wir hörten noch ein letztes, ersticktes Jaulen, dann verschlang der Glibber das Tier mit einem schlürfenden Geräusch. Chester war verschwunden. Verschluckt von diesem grauenhaften Wesen.

Meine Beine zitterten so sehr, dass ich mich mit dem Rücken gegen die Wand lehnen musste, um mich abzustützen. Ich hielt den Blick unverwandt auf die zuckende Masse gerichtet, die jetzt langsam über den Boden kroch und direkt an uns vorbeiglitt.

„Hey, sieh doch mal!", schrie ich aufgeregt. „Da!"

Der Glibber hatte eine schleimige Spur vor unseren Füßen hinterlassen. Und mittendrin saß Chester.

Das Wesen hatte ihn freigelassen! Er lebte!

„Komm her, Chester!", rief ich.

Der Kater blieb reglos sitzen.

„Na, komm schon, alter Junge", drängte ich. „Es ist alles wieder in Ordnung."

Aber Chester saß einfach nur da und starrte mit offenem Maul in die Luft. Er sah total idiotisch aus.

Total idiotisch!

„Oh, nein!", stöhnte ich auf, als mir die Wahrheit dämmerte. „Jetzt ist Chester völlig verblödet! Der Glibber hat ihm endgültig das ganze Gehirn rausgesaugt. Bis auf den kleinsten Rest!"

„Sieh doch!", krächzte Colin mit erstickter Stimme und zeigte auf das schleimige Teufelszeug, das plötzlich reglos verharrte.

Dann begann es heftig zu vibrieren.

„Es wird explodieren!", schrie Colin. „Lauf! Lauf weg!"

Aber ich konnte mich nicht bewegen. Vor lauter Angst blieb ich wie angewurzelt stehen und starrte dieses entsetzliche Wesen an, das jetzt unkontrolliert zitterte – und begann, sich auszudehnen!

Es streckte sich in die Höhe und wurde größer und größer.

Während ich dabei zusah, wurde mir ganz übel vor Schreck. Man sah deutlich das abstoßende Herz, das immer heftiger schlug, je mehr die Masse anwuchs.

Jetzt war sie bereits zwei Meter hoch!

Plötzlich erschienen mit einem widerlichen *Plopp!* zwei große Beulen zu beiden Seiten des schleimigen Riesenhügels.

Auch sie begannen, sich zu strecken – und wurden länger und länger.

„Wa-wa-was ist d-d-denn das?", stammelte Colin.

„Ich glaube, ihm wachsen Arme." Vor lauter Panik blieb mir beinahe die Luft weg. „Da, sieh doch mal!"

„Oh, nein", krächzte Colin. „Und Hände auch."

Am Ende der langen, glitschigen Arme bildeten sich zwei feuchte, grün leuchtende Hände.

Als schließlich acht Finger an jeder Hand wuchsen, schnappten wir beide fassungslos nach Luft. Sie waren lang und dünn und schienen von innen her zu glühen. Plötzlich streckte das Wesen sie nach uns aus.

Sie schlängelten sich auf uns zu.

Und griffen nach unseren Kehlen.

KAPITEL 16

„**Neiiiin!**", schrie ich voller Panik.

Die leuchtenden Finger des schleimigen Wesens wurden immer länger und länger, bis sie nur noch wenige Zentimeter von meinem Gesicht entfernt waren. Dann verharrten sie plötzlich.

Colin ergriff meinen Arm und zeigte auf den Körper der albtraumhaften Gestalt. „Ich glaube, es kann sich im Moment nicht bewegen, weil es seine Form verändert hat", flüsterte er mir zu. „Es sieht so aus, als wäre es am Boden festgeklebt."

Ungläubig starrte ich den neongrünen Körper an. Colin hatte Recht. Das untere Ende des Wesens schien mit dem Teppich verschmolzen zu sein. Deswegen kam es mit seinen widerlichen Fingern auch nicht näher an mich heran.

„Lass uns von hier verschwinden!", wisperte ich. „Sofort!"

Colin und ich stahlen uns vorsichtig davon. Dabei hielt ich die ganze Zeit meinen Blick auf die Kreatur gerichtet und achtete darauf, außerhalb ihrer Reichweite zu bleiben.

Plötzlich erstarrte ich vor Entsetzen.

„Sch-schau doch mal, Colin!", stieß ich hervor. Eine Art runder Blase bildete sich am oberen

Ende der schleimigen Masse. „Ihm ... ihm wächst ein Kopf."

Mein Herz hämmerte wie verrückt, als die Blase immer größer wurde und plötzlich an zwei Stellen aufplatzte. Dabei entstanden leere, starr blickende Augen.

Mit einem reißenden Geräusch öffnete sich ein weiteres Loch – ein abschreckender, klaffender Mund.

Aber das Schlimmste von allem war das gewaltige Gehirn des Wesens. Ich konnte deutlich erkennen, wie es sich gegen die schleimige Schädeldecke presste und heftig pulsierte.

„Komm, schnell! Lass uns verschwinden!" Colin zupfte an meinem Ärmel. Aber ich stand wie angewurzelt da und sah gelähmt vor Entsetzen zu, wie dem Glibberwesen auch noch Beine wuchsen.

„Lauf!", schrie Colin. „Lauf doch endlich!" Er nahm mich am Arm und zerrte mich in Richtung Treppe.

Wir rasten die Stufen hinauf und in die Küche.

Squitsch. Squitsch.

„Oh, nein! Es folgt uns. Es folgt uns tatsächlich!", schoss es mir durch den Kopf.

„Wir müssen uns verstecken!", rief ich meinem Freund zu.

Squitsch. Squitsch.

„Es ist schon da!", stieß Colin mit erstickter Stimme hervor.

Das schleimige Wesen setzte gerade einen seiner giftgrünen Füße in die Küche.

„Hier lang!", rief ich Colin zu.

Wir rannten ins Wohnzimmer und von dort in den Flur. Dabei kamen wir am Wäscheschrank vorbei. „Ich versteck mich hier drinnen", flüsterte ich Colin zu, „und du in meinem Zimmer."

Dann kroch ich in den Schrank und schloss die Tür. Ich hörte, wie Colins Schritte sich entfernten.

Keuchend stand ich im Dunkeln und versuchte, wieder zu Atem zu kommen.

Squitsch. Squitsch.

Das Monster lief den Flur entlang. „Lass es mich nicht finden! Bitte, lass es mich nicht finden!", wiederholte ich in Gedanken immer wieder.

Squitsch. Squitsch.

Die widerlichen Geräusche wurden lauter – kamen immer näher.

Squiiitsch.

Schlitternd hielt die Kreatur an – direkt vor dem Wäscheschrank.

Mit zitternden Händen griff ich nach der Tür, um sie zuzuhalten.

Ich wartete. Aber nichts passierte.

Ich lauschte angestrengt. Absolute Stille.

„Was macht es denn da draußen? Warum versucht es nicht, den Schrank zu öffnen? Es hat doch Hände", dachte ich verwirrt.

Mit angehaltenem Atem presste ich mein Ohr gegen das Holz.

Stille.

Plötzlich wurde mir klar, dass das Wesen die Tür vielleicht gar nicht öffnen *konnte*, weil seine Hände viel zu glitschig waren. Wahrscheinlich rutschten sie an dem glatten Knauf immer wieder ab.

„Ja!", jubelte ich im Stillen. „Ja! Es kann nicht rein zu mir kommen!"

Und dann spürte ich es. Etwas Heißes, Glibberiges drang durch meine Socken.

Vorsichtig ging ich in die Knie und betastete meine Füße. Ich schnappte nach Luft.

Der Schleim! Er schob sich unter der Tür hindurch und stieg mit jeder Sekunde höher.

Panisch zerrte ich an der Schranktür. Aber sie ließ sich nicht öffnen!

Verzweifelt probierte ich es weiter.

„Geh auf!", schrie ich. „Geh sofort auf!"

Die eklige Masse hatte jetzt schon meine Knie erreicht und waberte immer noch in die Höhe. Meine Füße fühlten sich an, als wären sie einbetoniert. Verzweifelt versuchte ich, wenigstens die Beine zu bewegen.

Wieder zog ich mit aller Kraft, während das

widerliche, glitschige Zeug mir bis zur Taille stieg und mich warm und feucht einhüllte.

Und dann fiel mir plötzlich ein, was ich tun musste. Ich *drückte* gegen die Tür, und sie schwang augenblicklich auf. Dabei schob sie einen dicken Klumpen des grünen Glibbers beiseite, der sich noch im Flur befand.

Mit einer letzten, gewaltigen Kraftanstrengung gelang es mir, mich von der schleimigen Masse zu befreien, die noch an mir hing. Dann stürmte ich in mein Zimmer.

„W-wo ist es?", drang Colins völlig verängstigte Stimme unter meinem Schreibtisch hervor.

„Es ist ..."

„Hier!", beendete Colin meinen Satz.

Ich wirbelte herum.

Die schaurige Kreatur stand direkt vor der offenen Tür – mit voll ausgebildeten Gliedmaßen und noch größer als vorhin. Jetzt war sie ungefähr drei Meter hoch – mit Haaren!

Denn dem abstoßenden Wesen waren inzwischen Haare gewachsen – schwarze, drahtige Dinger, die seinen widerlichen, grünen Körper wie ein Fell bedeckten.

„Wie ekelhaft!", stöhnte Colin und versuchte, noch weiter unter meinen Schreibtisch zu kriechen.

Die langen Haare zitterten, als das Monster

langsam in die Knie ging und sich unter dem Türrahmen hindurchduckte.

„Nein", quietschte ich mit versagender Stimme. „Oh, nein!"

„Sein Kopf!", flüsterte Colin. „Schau dir doch bloß mal seinen Kopf an!"

Fassungslos starrte ich darauf. Er war riesig – größer als ein Basketball –, und ein gigantisches, pulsierendes Gehirn beulte ihn nach allen Seiten aus. Er wirkte, als würde er unter dem Druck jeden Moment zerplatzen.

Mein Herz hämmerte wie verrückt, als ich langsam zurückwich.

Das grauenhafte Wesen starrte mich mit seinem leeren Blick an. Und dann bemerkte ich zu meinem Entsetzen, dass sich sein missgestalteter Mund langsam öffnete.

„Bleib stehen, Mensch!", knurrte es mit Grabesstimme. „Fliehen ist zwecklos!"

KAPITEL 17

„**V-V-VERSCHWINDE.**" Vor lauter Angst fing ich an zu stottern.

„Oh, Gott. Es kann reden!", hörte ich Colin entsetzt aufstöhnen. Das Wesen bewegte sich mit schmatzenden Geräuschen vorwärts.

„Du hast deine Sache gut gemacht", sagte es zu mir. „Du hast die Anweisungen befolgt und mich damit ins Leben gerufen. Ein toller Plan, findest du nicht?"

„Ich ... ich verstehe nicht", stammelte ich.

„Ich werde es dir erklären", erwiderte die Kreatur. „Und dann muss ich verschwinden – mit deinem Gehirn natürlich."

Alles in mir sträubte sich dagegen, ihm zuzuhören, aber ich hatte keine andere Wahl. Am ganzen Körper zitternd, lauschte ich seiner Geschichte.

„Mein Planet braucht Gehirne", begann das Glibberwesen. „Intelligente Gehirne selbstverständlich. Wir leben davon. Menschenhirne mögen wir am liebsten. Nur wussten wir lange Zeit nicht, wo wir die auftreiben sollten. Schließlich fanden wir die Lösung: Intelligente Menschen benutzen *Chemiebaukästen*!"

Der Außerirdische glitt ein Stück vorwärts. „Also schmuggelten wir falsche Anleitungen in

Chemiebaukästen überall auf der Erde. Und du hast den Rest erledigt, als du die Stinkbombe bauen wolltest. Ein cleverer Plan, nicht wahr?"

Offensichtlich erwartete er keine Antwort. „Genug geredet", rief er plötzlich mit dröhnender Stimme. „Es wird langsam Zeit, dass ich mir den Rest deines Gehirns einverleibe."

„Neiiiin!", schrie ich auf. „Niemals!"

Was musste man in einer solchen Situation noch gleich tun? „Na, los! Denk nach!", befahl ich mir.

Und dann fiel es mir wieder ein. *Weglaufen!*

Schnell rannte ich um den schleimigen Alien herum und stürmte aus dem Zimmer.

Squitsch. Squitsch.

Das Wesen verfolgte mich. Es glitt den Flur entlang und bewegte sich dabei mit einem unglaublichen Tempo vorwärts.

Ich hatte das Wohnzimmer erreicht und lief auf die Haustür zu. „Ziehen. Von innen musst du ziehen!", erinnerte ich mich, als ich nach dem Türknauf griff.

Ich drehte den Knauf und zog.

Die Tür schwang auf – ja!

Aber es war zu spät.

Das monströse Wesen hatte seine Hände ausgestreckt und mich an den Schultern erwischt.

„Lass mich los!", brüllte ich, aber der Außerirdische hob mich einfach hoch.

Verzweifelt wand ich mich in seinem festen Griff.

In diesem Moment stürmte Tubby aus der Küche auf uns zu, um mich zu retten.

Er sprang das fremde Wesen an und versank mit seinen Pfoten in dem klebrigen Schleim.

Sofort ließ der Alien mich fallen und schlang seinen glitschigen Körper um meinen Hund.

„Oh, nein!", schrie ich auf. Armer Tubby. Jetzt war er im Inneren dieser schrecklichen, pulsierenden Masse gefangen.

Voller Entsetzen sah ich zu, wie Tubby versuchte, sich zu befreien. Aber es war zwecklos. Er hatte keine Chance zu entkommen.

Doch was war das? Das Monster versteifte sich plötzlich. Es krümmte seinen mächtigen Körper und spuckte Tubby in hohem Bogen aus.

Er schlug mit einem dumpfen Geräusch auf dem Boden auf.

„Tubby! Tubby!" Hastig krabbelte ich zu meinem Hund hinüber. „Bist du okay?"

Tuby starrte mich mit leerem Blick an. Genauso hatte Chester ausgesehen, nachdem das Schleimwesen mit ihm fertig war.

„Oh, Tubby!", stöhnte ich. „Er hat dir dein Gehirn gestohlen."

Squitsch. Squitsch.

Erschrocken riss ich den Kopf hoch. Die riesige

Kreatur ragte drohend über mir auf. Ihr Körper hatte inzwischen gigantische Ausmaße angenommen.

Ihr Hirn ebenfalls. Ich konnte deutlich sehen, wie es gegen den zuckenden Schädel pochte.

„Ich will jetzt den Rest deines Gehirns! Sofort!", donnerte das Monster.

„Nein!", schrie ich. „Das bekommst du nicht. Es gehört mir! Nur mir!" Ich trat und schlug mit aller Kraft gegen den glitschigen Körper des außerirdischen Wesens. Aber es war zu stark für mich.

Es hob mich hoch und zog mich ganz dicht an seinen widerlichen Mund.

Und dann schob es meinen Kopf mit einem Ekel erregenden, schlürfenden Geräusch in seinen Schlund.

KAPITEL 18

ICH STRAMPELTE verzweifelt und hämmerte mit meinen Fäusten gegen den schleimigen Körper.

„Al, ich komme!", hörte ich Colin rufen.

Ich kämpfte weiter gegen den unbarmherzigen Griff der Kreatur an.

Mit einem Mal wurde er schwächer. Plötzlich ließ das Wesen mich los, und ich landete unsanft auf dem Boden.

Ungläubig sah ich zu, wie der Außerirdische sich hin- und herwiegte und dabei gequälte Laute ausstieß.

Und dann begann er plötzlich zu schrumpfen.

„Er zieht sich zusammen!", brüllte Colin. „Er wird kleiner! Wie hast du das denn gemacht?"

„Ich ... ich hab gar nichts getan", stotterte ich.

„Das nehm ich dir nicht ab", beharrte Colin. „Der schrumpft doch nicht von alleine!"

Wir starrten das fremde Wesen an, das mit rasender Geschwindigkeit dahinschmolz und sich in einen formlosen Schleimklumpen verwandelte.

Sein Gehirn war nach wie vor zu erkennen, aber es hatte jetzt die Größe einer Erbse. Auch die unheimlichen Augen waren noch deutlich zu sehen. Und sein Mund.

„Schau doch mal, Colin!" Aufgeregt zeigte ich auf den abstoßenden Außerirdischen. „Er will etwas sagen!"

Das schleimige Wesen starrte uns aus seinen blicklosen Augen an.

Dann riss es den Mund weit auf und *bellte*.

„Hey, das darf doch wohl nicht wahr sein! Ich glaub's einfach nicht!", rief ich.

„Was denn?", fragte Colin verblüfft.

„Tubbys Gehirn! Es hat von diesem Glibberzeug Besitz ergriffen und es vernichtet", stieß ich hervor. „Der Außerirdische hat doch erzählt, dass er nur von Intelligenz leben kann. Tubbys dummes Gehirn hat ihm offenbar einen tödlichen Schock versetzt. Mein Hund muss noch dämlicher sein, als ich dachte."

Ich warf einen schnellen Blick auf Tubby. Er wirkte jetzt wieder genauso wie immer. Wahrscheinlich benutzte er sein Gehirn nicht besonders oft.

„Du hattest Recht, Colin! Der Alien-Schleim musste durch irgendetwas neutralisiert werden. Und Tubbys unterbelichtetes Gehirn hat es geschafft. Es hat dieses Wesen zerstört."

„Oh, wow!", stieß Colin hervor.

Plötzlich merkte ich, dass ich ganz normal denken konnnte. „Colin, mein Gehirn scheint wieder zu funktionieren! Ich bin nicht mehr verblödet!", rief ich glücklich. „Und ich weiß auch, was wir als Nächstes tun sollten."

„Und das wäre?", erkundigte sich Colin.

„Wir müssen das Zeug loswerden." Ich zeigte mit dem Kopf auf die kleine Schleimpfütze. „Am besten schaffen wir es in die Kühlbox und vergraben es."

„Gute Idee", meinte Colin zustimmend. „Ich hol schon mal die Box."

Ich kniete mich hin und kraulte Tubby hinter den Ohren. Und als er sich auf den Rücken rollte, streichelte ich ihm den Bauch. Das mochte er nämlich am liebsten.

„Du hast mich gerettet, alter Junge", sagte ich zu ihm. „Hätte ich ein so intelligentes Haustier wie Chester gehabt, wäre ich jetzt Alienfutter."

Ich bewachte die gefährliche Pfütze, bis Colin mit der Kühlbox und einer Schaufel zurückkehrte.

Vorsichtig verfrachteten wir den Glibber in die Box und machten den Deckel fest zu. Zum Schluss schlang ich sicherheitshalber noch ein Seil darum.

Dann gingen wir in den Garten und hoben unter dem Apfelbaum ein tiefes Loch aus.

Colin und ich wollten die Kühlbox gerade herunterlassen, als er plötzlich sagte: „Warte mal!"

„Was ist denn?", fragte ich.

„Wie heißt die Hauptstadt von Brasilien?", fragte er.

„Brasilia", antwortete ich wie aus der Pistole geschossen.

„Super!" Colin grinste. „Ich wollte nur sichergehen, dass du wieder okay bist."

Wir stellten die Box in das Loch und schaufelten es zu. Dann stampften wir die lockere Erde fest, bis sie flach und hart war.

Und das war das Ende des teuflischen Glibbers.

KAPITEL 19

EINE WOCHE später ging wieder alles seinen normalen Gang.

Michelle hatte inzwischen begonnen, Chester das Multiplizieren beizubringen – nachdem er jetzt wieder addieren konnte.

Ich hatte es allerdings aufgegeben, Tubby zu zeigen, wie man einen Ball apportiert. Das war schon mühsam genug gewesen, als er noch ein Gehirn besaß – jetzt würde es bestimmt aussichtslos sein. Aber er war immer noch ein wunderbarer Hund.

Auch die anderen Teilnehmer des Wissenswettbewerbs waren wieder völlig normal. Wir alle hatten uns bei Mr Emerson für unseren Auftritt entschuldigt und behauptet, dass es am Essen in der Cafeteria gelegen haben musste. Außerdem hatten wir ihn gebeten, uns noch eine zweite Chance zu geben, und er hatte eingewilligt.

Deshalb saß ich heute draußen im Garten und lernte. Ich verbrachte einen schönen, sonnigen Samstagnachmittag mit den *Kniffligen Fragen aus Wissenschaft und Technik* – und mit Mom, Dad und Michelle, meinen drei Trainern.

„Nächste Frage, Al", verkündete Dad. „Was war Galileis weltbewegende Entdeckung?"

„Na, *die* Antwort weißt du bestimmt", meinte Mom mit einem Lachen.

Während ich so tat, als würde ich angestrengt nachdenken, schlenderte Michelle zum Apfelbaum hinüber.

„Schaut euch doch mal diese merkwürdigen grünen Tröpfchen an!", rief sie uns plötzlich zu.

Ich spürte, wie sich mein Magen zusammenkrampfte, als Mom zu ihr ging. „So was habe ich ja noch nie gesehen! Die scheinen regelrecht zu leuchten", sagte Mom erstaunt.

„Vielleicht ist es irgendeine Verschmutzung des Grundwassers", überlegte Michelle. „Ich frage mich, ob sie sich auch so klebrig anfühlen, wie sie aussehen."

Sie streckte die Hand aus, um die neonfarbene Substanz zu berühren.

„Nicht!", rief ich warnend. „Geh nicht näher ran! Das Zeug könnte giftig sein!"

„Al hat vielleicht Recht", meinte Mom und trat einen Schritt zurück.

„Von niedrigeren Lebensformen nehme ich keine Ratschläge an", verkündete Michelle hochnäsig.

Dann beugte sie sich hinunter und zerrieb eines der neongrünen Tröpfchen zwischen ihren Fingern.

Hatte ich euch nicht gesagt, dass Michelle ein bisschen schlauer ist, als ihr gut tut?

R. L. Stines
SCHATTENWELT

Es gibt kein Entkommen!

An Randys Schule herrscht ein unheimlicher Brauch: Alle Kinder müssen mit dem Geisterjungen Pete Verstecken spielen. Wen er fängt, den nimmt er mit auf den Friedhof. Und diesmal hat er es auf Randy abgesehen ...

Zacks neue Vertretungslehrerin ist leichenblass. Ihre Berührungen sind eiskalt. Zack weiß sofort: Miss Gaunt muss ein Geist sein. Leider ist er ihr absoluter Lieblingsschüler. Sie will ihn unterrichten – bis in alle Ewigkeit ...

Was ist los mit dem alten Baumhaus, das Dylan und Steve entdeckt haben? Nachts flackern dort geheimnisvolle Lichter, und seltsame Geräusche sind zu hören. Spukt es im Wald? Die beiden wollen Gewissheit – und gehen auf Geisterjagd ...

„Nicht öffnen!", steht auf der Flasche, die Jessie und Hannah aus dem See gefischt haben. Doch Jessie hat den Korken schon herausgezogen – und einen Geist befreit! Leider ist der nicht so dankbar, wie die beiden anfangs glauben. Denn er war lange eingesperrt – und hat nun finstere Pläne ...

Über R. L. Stine

R. L. Stine, der Erfinder der Reihe „Schattenwelt", hat nahezu einhundert gespenstische Geschichten für Kinder und Jugendliche geschrieben. Die Reihe „Schattenwelt" spielt, wie auch die „Fear-Street"-Bände, in dem amerikanischen Städtchen Shadyside. Im Mittelpunkt stehen unheimliche Ereignisse, die die Bewohner der Fear Street erleben. Wenn R. L. Stine nicht gerade schreibt, spielt er gern Flipper an seinem eigenen Flipperautomaten oder erforscht New York City zusammen mit seiner Frau Jane und seinem Sohn Matt.